用自然發音：

串記單字不用背

心智圖＋發音串聯超強結合

從此單字不用背，一記就是一整串

全MP3一次下載

9789864542314

iOS系統請升級至 iOS13後再行下載
下載前請先安裝ZIP解壓縮程式或APP，
此為大型檔案，建議使用 Wifi 連線下載，以免占用流量，
並確認連線狀況，以利下載順暢。

前言

　　如何記住英文單字，一直是莘莘學子們最為苦惱的事。本書延續筆者前兩本《用思維導圖速記小學生英語單詞》以及《用思維導圖學小學生英語語法》的模式，在每一課中新加入了「各群組適用的自然發音規則」等加深記憶的小單元，藉由統整歸納的方式，除了能讓讀者加深印象之外，同時提供一些初學階段常見的例外規則，更能讓讀者擴增學習的視野。

　　這本書精選了 1,200 個中學以前必學的基礎單字，以「音形相近」為編排原則，將相同字母組合及相近發音的單字，透過心智圖整合在一起，非常有利於小學生像繞口令般，迅速將單字的「形音義」三者結合，有別於傳統需死記硬背單字的方式。

　　初中時期以前正是孩子聯想創造力最為活躍的階段，在利用「音形相近」記憶單字的同時，若能再搭配天馬行空的聯想創造力，將部分字彙組成一個個有趣的畫面，更能有效在大腦留下深刻記憶。

　　例如：blue（藍色的）、glue（膠水）、clue（線索）這 3 個字，可將中文意思聯想成一個畫面：藍的膠水是個線索，那麼相信孩子未來看到 blue 這個單字時，也會不經意地聯想到 glue 跟 clue 了。

　　本書是由本人及臺灣英語課程設計專長的劉容菁老師共同編寫完成，希望透過「心智圖」、「音形相近」、「交叉記憶」等方式，幫助苦於記憶單字的孩子們，感受到另一種有趣有效的記憶方式，將 1200 個小學升初中的基礎單字在最短的時間內囊括腦中。

如何使用本書

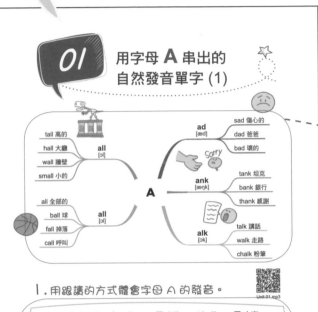

01 用字母 **A** 串出的自然發音單字 (1)

tall 高的
hall 大廳
wall 牆壁
small 小的
all [ɔl]

all 全部的
ball 球
fall 掉落
call 呼叫
all [ɔl]

A

ad [æd]
sad 傷心的
dad 爸爸
bad 壞的

ank [æŋk]
tank 坦克
bank 銀行
thank 感謝

alk [ɔk]
talk 講話
walk 走路
chalk 粉筆

1. 用跟讀的方式體會字母 A 的發音。

Unit 01.mp3

sad [sæd] 形 傷心的	walk [wɔk] 動 走路	hall [hɔl] 名 大廳
dad [dæd] 名 爸爸	chalk [tʃɔk] 名 粉筆	wall [wɔl] 名 牆壁
bad [bæd] 形 壞的	all [ɔl] 形 全部的	small [smɔl] 形 小的
tank [tæŋk] 名 坦克	ball [bɔl] 名 球	
bank [bæŋk] 名 銀行	fall [fɔl] 動 掉落	
thank [θæŋk] 動 感謝	call [kɔl] 動 呼叫	
talk [tɔk] 動 講話	tall [tɔl] 形 高的	

用心智圖記單字

擁有相同字母組合的單字，用一張心智圖幫助聯想記憶，一張圖掌握 16~20 個單字。閱讀時請按「順時針」方向，一個群組一個群組看。

tall 高的
hall 大廳
wall 牆壁
small 小的
all [ɔl]

跟著母語人士錄音，唸出每一個英文單字

掃描QR碼，跟著並模仿母語人士的口音，大聲唸出具有相同字母組的英文單字，同時掌握單字的發音、詞性與字義。

sad [sæd] 形 傷心的	walk [wɔk] 動 走路	hall [hɔl] 名
dad [dæd] 名 爸爸	chalk [tʃɔk] 名 粉筆	wall [wɔl] 名
bad [bæd] 形 壞的	all [ɔl] 形 全部的	small [smɔl]
tank [tæŋk] 名 坦克	ball [bɔl] 名 球	
bank [bæŋk] 名 銀行	fall [fɔl] 動 掉落	
thank [θæŋk] 動 感謝	call [kɔl] 動 呼叫	

2. 各群組適用的自然發音規則

❶ ad [æd]　「子音＋a＋子音」時，a 通常唸成 [æ]。
Ex. sad 傷心的　dad 爸爸　bad 壞的

❷ ank [æŋk]
1. 「子音＋a＋子音」時，a 通常唸成 [æ]。
2. nk 通常唸成 [ŋk]。
Ex. tank 坦克　bank 銀行　thank 感謝

❸ alk　這裡的 al 唸成 [ɔ]（l 不發音）。

各群組適用的自然發音規則

「形音義」三者結合，深入掌握字母組合與自然發音的關係。培養「看到單字就會唸」、「聽到單字就會拼」的直覺反應力。比如從 sad、dad、bad… 幾個你早就熟悉的單字，掌握「子音字母 ＋ a ＋子音字母」的組合發音規則。

2. 各群組適用的自然發音規則

❶ ad [æd]　「子音＋a＋子音」時，a 通常唸成 [æ]。
Ex. sad 傷心的　dad 爸爸　bad 壞的

❷ ank [æŋk]
1. 「子音＋a＋子音」時，a 通常唸成 [æ]。
2. nk 通常唸成 [ŋk]。
Ex. tank 坦克　bank 銀行　thank 感謝

❸ alk [ɔk]　這裡的 al 唸成 [ɔ]（l 不發音）。
Ex. talk 講話　walk 走路　chalk 粉筆

❹ all [ɔl]　這裡的 al 唸成 [ɔl]。字母 ll 通常唸成 [l]。
Ex. all 全部的　ball 球　fall 掉落　call 呼叫　tall 高的
hall 大廳　wall 牆壁　small 小的

選出正確的中文

根據上方的英文單字，在下面三個選項圈選正確的中文詞彙，測試一下對於這一課的單字掌握得如何！

bad
▼
傷心的
爸爸
(壞的)

3. 選出正確的中文。

walk ↓	bad ↓	small ↓	thank ↓	all ↓
1. 講話	傷心的	牆壁	感謝	球
2. 走路	爸爸	小的	銀行	全部的
3. 粉筆	壞的	大廳	呼叫	高的

4. 請寫出正確的英文單字

感謝	小的	掉落	講話	大廳	壞的
呼叫	傷心的	全部的	高的	粉筆	銀行
球	牆壁	走路	坦克	爸爸	

11

請寫出正確的英文單字

根據中文字義，寫出對應的英文單字。單字不僅要會認、會讀，還要會拼寫喔！

掉落	講話
全部的	高的
走路	坦克

目錄

找對方法，告別死記硬背
每天進步一點點！

用字母 A 串出的自然發音單字 (1)

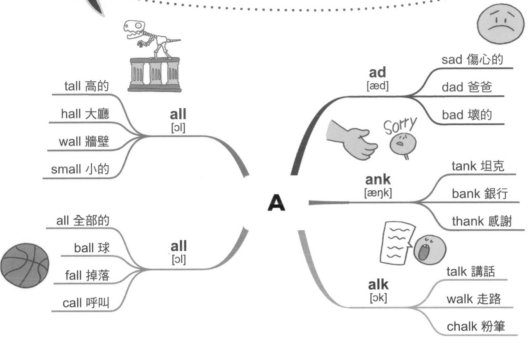

tall 高的
hall 大廳
wall 牆壁
small 小的

all [ɔl]

ad [æd]
sad 傷心的
dad 爸爸
bad 壞的

ank [æŋk]
tank 坦克
bank 銀行
thank 感謝

A

all 全部的
ball 球
fall 掉落
call 呼叫

all [ɔl]

alk [ɔk]
talk 講話
walk 走路
chalk 粉筆

Ⅰ. 用跟讀的方式體會字母 A 的發音。

Unit_01.mp3

sad [sæd] 形 傷心的	walk [wɔk] 動 走路	hall [hɔl] 名 大廳
dad [dæd] 名 爸爸	chalk [tʃɔk] 名 粉筆	wall [wɔl] 名 牆壁
bad [bæd] 形 壞的	all [ɔl] 形 全部的	small [smɔl] 形 小的
tank [tæŋk] 名 坦克	ball [bɔl] 名 球	
bank [bæŋk] 名 銀行	fall [fɔl] 動 掉落	
thank [θæŋk] 動 感謝	call [kɔl] 動 呼叫	
talk [tɔk] 動 講話	tall [tɔl] 形 高的	

2. 各群組適用的自然發音規則

❶ **ad**
[æd]

「子音＋a＋子音」時，a 通常唸成 [æ]。
Ex. **sad** 傷心的　　**dad** 爸爸　　**bad** 壞的

❷ **ank**
[æŋk]

1.「子音＋a＋子音」時，a 通常唸成 [æ]。
2. nk 通常唸成 [ŋk]。
Ex. **tank** 坦克　　**bank** 銀行　　**thank** 感謝

❸ **alk**
[ɔk]

這裡的 al 唸成 [ɔ]（l 不發音）。
Ex. **talk** 講話　　**walk** 走路　　**chalk** 粉筆

❹ **all**
[ɔl]

這裡的 al 唸成 [ɔ]。字母 ll 通常唸成 [l]。
Ex. **all** 全部的　　**ball** 球　　**fall** 掉落　　**call** 呼叫
　　tall 高的　　**hall** 大廳　　**wall** 牆壁　　**small** 小的

3. 選出正確的中文。

walk	bad	small	thank	all
↓	▼	↓	▼	↓
1. 講話	傷心的	牆壁	感謝	球
2. 走路	爸爸	小的	銀行	全部的
3. 粉筆	壞的	大廳	呼叫	高的

4. 請寫出正確的英文單字

感謝	小的	掉落	講話	大廳	壞的
呼叫	傷心的	全部的	高的	粉筆	銀行
球	牆壁	走路	坦克	爸爸	

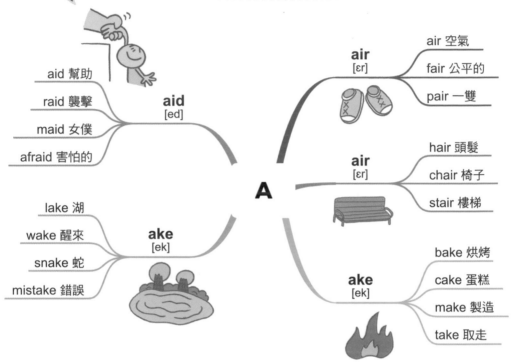

aid 幫助
raid 襲擊
maid 女僕
afraid 害怕的

aid
[ed]

lake 湖
wake 醒來
snake 蛇
mistake 錯誤

ake
[ek]

A

air
[ɛr]

air 空氣
fair 公平的
pair 一雙

air
[ɛr]

hair 頭髮
chair 椅子
stair 樓梯

ake
[ek]

bake 烘烤
cake 蛋糕
make 製造
take 取走

Unit_02.mp3

1.用跟讀的方式體會字母 A 的發音。

air [ɛr] 名 空氣	**make** [mek] 動 製造	**raid** [red] 動 襲擊
fair [fɛr] 形 公平的	**take** [tek] 動 取走	**maid** [med] 名 女僕
pair [pɛr] 名 一雙	**lake** [lek] 名 湖	**afraid** [əˋfred] 形 害怕的
hair [hɛr] 名 頭髮	**wake** [wek] 動 醒來	
chair [tʃɛr] 名 椅子	**snake** [snek] 名 蛇	
stair [stɛr] 名 樓梯	**mistake** [mɪˋstek] 名 錯誤	
bake [bek] 動 烘烤	**aid** [ed] 動 幫助	
cake [kek] 名 蛋糕		

2. 各群組適用的自然發音規則

❶ **air** [ɛr]

air 通常唸成 [ɛr]。

Ex. air 空氣　　　　fair 公平的　　　pair 一雙　　　hair 頭髮
　　chair 椅子　　　stair 樓梯

❷ **ake** [ek]

ake 通常唸成 [ek]。

Ex. bake 烘烤　　　cake 蛋糕　　　make 製造　　　take 取走
　　lake 湖　　　　wake 醒來　　　snake 蛇　　　mistake 錯誤

❸ **aid** [ed]

aid 通常唸成 [ed]。

Ex. aid 幫助　　raid 襲擊　　maid 女僕　　afraid 害怕的

3. 選出正確的中文

aid	mistake	wake	take	make
↓	▼	↓	▼	↓
1. 幫助	空氣	蛇	湖	製造
2. 樓梯	女僕	醒來	取走	一雙
3. 椅子	錯誤	蛋糕	烤	襲擊

4. 請寫出正確的英文單字

湖	錯誤	蛋糕	蛇	襲擊	醒來
取走	空氣	女僕	幫助	一雙	害怕的
椅子	烤	公平的	製造	樓梯	頭髮

03 用字母 A 串出的自然發音單字(3)

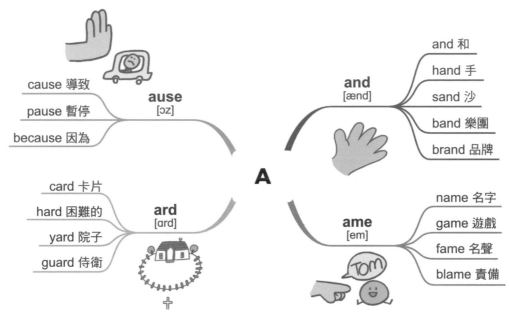

cause 導致
pause 暫停
because 因為

ause [ɔz]

and 和
hand 手
sand 沙
band 樂團
brand 品牌

and [ænd]

A

card 卡片
hard 困難的
yard 院子
guard 侍衛

ard [ɑrd]

name 名字
game 遊戲
fame 名聲
blame 責備

ame [em]

I. 用跟讀的方式體會字母 A 的發音。

Unit_03.mp3

and [ænd] 連 和
hand [hænd] 名 手
sand [sænd] 名 沙
band [bænd] 名 樂隊
brand [brænd] 名 品牌
name [nem] 名 名字
game [gem] 名 遊戲

fame [fem] 名 名聲
blame [blem] 動 責備
card [kɑrd] 名 卡片
hard [hɑrd] 形 困難的
yard [jɑrd] 名 院子
guard [gɑrd] 名 侍衛
cause [kɔz] 動 導致

pause [pɔz] 動 暫停
because [bɪˈkɔz] 連 因為

2. 各群組適用的自然發音規則

❶ **and**
[ænd]

1. and 通常唸成 [ænd]。
2. 字母 d 通常唸成 [d]。
Ex. **and** 和　　**hand** 手　　**sand** 沙　　**band** 樂隊
　　brand 品牌

❷ **ame**
[em]

ame 通常唸成 [em]。
Ex. **name** 名字　　**game** 遊戲　　**fame** 名聲　　**blame** 責備

❸ **ard**
[ɑrd]

1. ard 通常唸成 [ɑrd]。
2. 字母 d 通常唸成 [d]。
Ex. **card** 卡片　　**hard** 困難的　　**yard** 院子　　**guard** 侍衛

❹ **ause**
[ɔz]

ause 通常唸成 [ɔz]。
Ex. **cause** 導致　　**pause** 暫停　　**because** 因為

3. 選出正確的中文

and ↓	**name** ▼	**fame** ↓	**hand** ▼	**because** ↓
1. 和	名字	名望	手	沙
2. 卡片	責備	圖釘	攻擊	因為
3. 院子	遊戲	包裝	困難的	點心

4. 請寫出正確的英文單字

名字	導致	手	侍衛	因為	院子
暫停	困難的	遊戲	品牌	名聲	樂團
沙	和	責備	卡片		

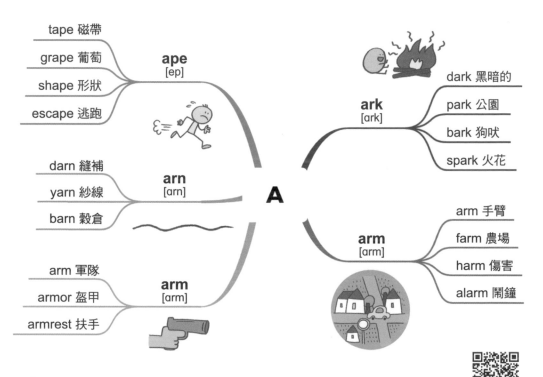

tape 磁帶
grape 葡萄
shape 形狀
escape 逃跑
ape [ep]

darn 縫補
yarn 紗線
barn 穀倉
arn [ɑrn]

arm 軍隊
armor 盔甲
armrest 扶手
arm [ɑrm]

A

dark 黑暗的
park 公園
bark 狗吠
spark 火花
ark [ɑrk]

arm 手臂
farm 農場
harm 傷害
alarm 鬧鐘
arm [ɑrm]

Ⅰ. 用跟讀的方式體會字母 A 的發音。

Unit_04.mp3

dark [dɑrk] 形 黑暗的	**army** [ˈɑrmɪ] 名 軍隊	**grape** [grep] 名 葡萄
park [pɑrk] 名 公園	**armor** [ˈɑrmɚ] 名 盔甲	**shape** [ʃep] 名 形狀
bark [bɑrk] 動 狗吠	**armrest** [ˈɑrmrɛst] 名 扶手	**escape** [əˈskep] 動 逃跑
spark [spɑrk] 名 火花	**darn** [dɑrn] 動 縫補	
arm [ɑrm] 名 手臂	**yarn** [jɑrn] 名 紗線	
farm [fɑrm] 名 農場	**barn** [bɑrn] 名 穀倉	
harm [hɑrm] 動 傷害	**tape** [tep] 名 磁帶	
alarm [əˈlɑrm] 名 鬧鐘		

2. 各群組適用的自然發音規則

❶ ark
[ark]

ark 通常唸成 [ark]。
Ex. **dark** 黑暗的　　**park** 公園　　**bark** 狗吠　　**spark** 火花

❷ arm
[arm]

arm 通常唸成 [arm]。
Ex. **arm** 手臂　　**farm** 農場　　**harm** 傷害　　**alarm** 鬧鐘
　　army 軍隊　　**armor** 盔甲　　**armrest** 扶手

❸ arn
[arn]

arn 通常唸成 [arn]。
Ex. **darn** 縫補　　**yarn** 紗線　　**barn** 穀倉

❹ ape
[ep]

ape 通常唸成 [ep]。
Ex. **tape** 膠布　　**grape** 葡萄　　**shape** 形狀　　**escape** 逃跑

3. 選出正確的中文

escape	shape	dark	park	alarm
↓	▼	↓	▼	↓
1. 磁帶	軍隊	黑暗的	盔甲	手臂
2. 葡萄	傷害	火花	公園	鬧鐘
3. 逃跑	形狀	狗吠	縫補	農場

4. 請寫出正確的英文單字

火花	磁帶	紗線	鬧鐘	縫補	葡萄
扶手	盔甲	農場	穀倉	傷害	手臂
形狀	狗吠	公園	黑暗的	軍隊	逃跑

05 用字母 A 串出的自然發音單字(5)

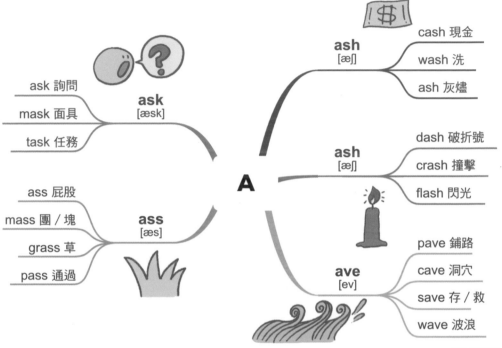

A

ask 詢問
mask 面具
task 任務
ask [æsk]

ass 屁股
mass 團 / 塊
grass 草
pass 通過
ass [æs]

cash 現金
wash 洗
ash 灰燼
ash [æʃ]

dash 破折號
crash 撞擊
flash 閃光
ash [æʃ]

pave 鋪路
cave 洞穴
save 存 / 救
wave 波浪
ave [ev]

Ⅰ. 用跟讀的方式體會字母 A 的發音。

Unit_05.mp3

cash [kæʃ] 名 現金	**cave** [kev] 名 洞穴	**ask** [æsk] 動 詢問
wash [wɑʃ] 動 洗	**save** [sev] 動 存 / 救	**mask** [mæsk] 名 面具
ash [æʃ] 名 灰燼	**wave** [wev] 名 波浪	**task** [tæsk] 名 任務
dash [dæʃ] 名 破折號	**ass** [æs] 名 屁股	
crash [kræʃ] 動 碰撞	**mass** [mæs] 名 團 / 塊	
flash [flæʃ] 名 閃光	**grass** [græs] 名 草	
pave [pev] 動 鋪路	**pass** [pæs] 動 通過	

2.各群組適用的自然發音規則

❶ ash [æʃ]

ash 通常唸成 [æʃ]。sh 通常唸成 [ʃ]。

Ex. **cash** 現金　**wash** 洗　**ash** 灰燼　**dash** 破折號
crash 碰撞　**flash** 閃光

❷ ave [ev]

ave 通常唸成 [ev]（適用「a+子音+e」的規則）。

Ex. **cave** 洞穴　**save** 挽救　**wave** 波浪　**pave** 鋪路

*但 ave 有時亦唸成 [æv]。

Ex. **have** 有

❸ ass [æs]

1. ass 通常唸成 [æs]。
2. 兩個 s 的 ss 只唸一個 [s] 的音。

Ex. **ass** 屁股　**mass** 團／塊　**grass** 草　**pass** 通過

❹ ask [æsk]

1. ask 通常唸成 [æsk]。
2. 字尾 sk 唸成無聲的 [sk]。

Ex. **ask** 詢問　**mask** 面具　**task** 任務

3.選出正確的中文

pass ↓	ask ▼	have ↓	crash ▼	wash ↓
1. 通過	任務	有	火車	現金
2. 團／塊	詢問	波浪	痛	草
3. 屁股	面具	洞穴	碰撞	洗

4.請寫出正確的英文單字

通過	任務	洗	碰撞	洞穴	破折號
團／塊	面具	詢問	存／救	現金	屁股
草	閃光	有	灰燼	波浪	

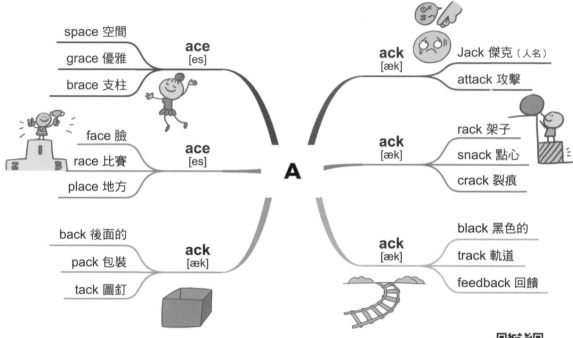

space 空間
grace 優雅
brace 支柱

ace [es]

ack [æk] Jack 傑克（人名）
attack 攻擊

face 臉
race 比賽
place 地方

ace [es]

A

ack [æk] rack 架子
snack 點心
crack 裂痕

back 後面的
pack 包裝
tack 圖釘

ack [æk]

ack [æk] black 黑色的
track 軌道
feedback 回饋

1. 用跟讀的方式體會字母 A 的發音。

Unit_06.mp3

Jack [dʒæk]
名 傑克（人名）
attack [əˈtæk] 動 攻擊
rack [ræk] 名 架子
snack [snæk] 名 點心
crack [kræk] 名 裂痕
black [blæk] 形 黑色的

track [træk] 名 軌道
feedback [ˈfidbæk]
名 回饋
back [bæk] 形 後面的
pack [pæk] 動 包裝
tack [tæk] 名 圖釘
face [fes] 名 臉

race [res] 名 比賽
place [ples] 名 地方
space [spes] 名 空間
grace [gres] 名 優雅
brace [bres] 名 支柱

2. 各群組適用的自然發音規則

❶

ack
[æk]

ack 通常唸成 [æk]。

Ex. Jack 傑克（人名）　　attack 攻擊　　　rack 架子
snack 點心　　　　　crack 裂痕　　　black 黑色的
track 軌道　　　　　feedback 回饋　　back 後面的
pack 包裝　　　　　tack 圖釘

❷

ace
[es]

ace 通常唸成 [es]。

Ex. face 臉　　　race 比賽　　place 地方　　space 空間
grace 優雅　　brace 支柱
*但 surface 的 ace 要例外唸成 [ɪs]。

3. 選出正確的中文

surface	pack	snack	race	tack
↓	▼	↓	▼	↓
1. 表面	攻擊	點心	軌道	圖釘
2. 優雅	包裝	架子	回饋	空間
3. 臉	後面的	地方	比賽	裂痕

4. 請寫出正確的英文單字

表面	包裝	攻擊	軌道	比賽	裂痕
地方	架子	臉	點心	優雅	傑克
後面的	黑色的	圖釘	空間	回饋	

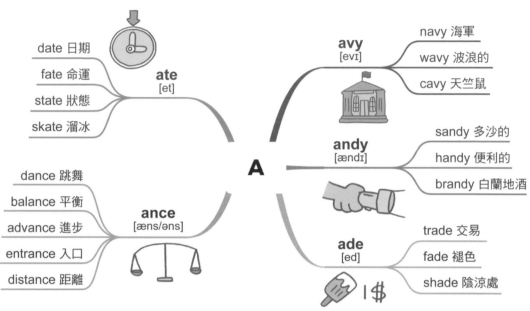

date 日期
fate 命運
state 狀態
skate 溜冰

ate
[et]

avy
[evɪ]
navy 海軍
wavy 波浪的
cavy 天竺鼠

A

andy
[ændɪ]
sandy 多沙的
handy 便利的
brandy 白蘭地酒

dance 跳舞
balance 平衡
advance 進步
entrance 入口
distance 距離

ance
[æns/əns]

ade
[ed]
trade 交易
fade 褪色
shade 陰涼處

Ⅰ. 用跟讀的方式體會字母 **A** 的發音。

Unit_07.mp3

navy [ˈnevɪ] 名 海軍

wavy [ˈwevɪ] 形 波浪的

cavy [ˈkevɪ] 名 天竺鼠

sandy [ˈsændɪ]
形 多沙的

handy [ˈhændɪ] 形
便利的

brandy [ˈbrændɪ]
名 白蘭地酒

trade [tred] 名 交易

fade [fed] 動 褪色

shade [ʃed] 名 陰涼處

dance [dæns] 動 跳舞

balance [ˈbæləns]
名 平衡

advance [ədˈvæns]
動 進步

entrance [ˈɛntrəns]
名 入口

distance [ˈdɪstəns]
名 距離

date [det] 名 日期

fate [fet] 名 命運

state [stet] 名 狀態

skate [sket] 動 溜冰

2. 各群組適用的自然發音規則

❶ avy [evɪ]

1. avy 通常唸成 [evɪ]。
2. 字尾 vy 通常唸成 [vɪ]。
Ex. **navy** 海軍　　**wavy** 波浪的　　**cavy** 天竺鼠

❷ andy [ændɪ]

1. andy 通常唸成 [ændɪ]。
2. 字尾 dy 通常唸成 [dɪ]。
Ex. **candy** 糖果　　**sandy** 多沙的　　**handy** 便利的
　　brandy 白蘭地酒

❸ ade [ed]

1. ade 適用「a+子音+e」的發音規則，通常唸成 [ed]
Ex. **trade** 交易　　**fade** 褪色　　**shade** 陰涼處

❹ ance [æns]

1. ance 唸成 [æns]。
2. 字尾 ce 唸成 [s]。
Ex. **dance** 跳舞　　**advance** 進步
*但 ance 在非重音音節通常唸 [əns]。
　Ex. **entrance** 入口　　**balance** 平衡　　**distance** 距離

❺ ate [et]

ate 適用「a+子音+e」的發音規則，通常唸成 [et]。
Ex. **date** 日期　　**fate** 命運　　**state** 狀態　　**skate** 溜冰

3. 選出正確的中文

entrance ↓	advance ▼	trade ↓	distance ▼	balance ↓
1. 入口	陰涼處	命運	距離	跳舞
2. 天竺鼠	進步	海軍	褪色	狀態
3. 溜冰	日期	交易	波浪的	平衡

4. 請寫出正確的英文單字

褪色	海軍	日期	平衡	天竺鼠	入口
溜冰	波浪的	便利的	進步	跳舞	命運
狀態	白蘭地酒	陰涼處	距離	交易	多沙的

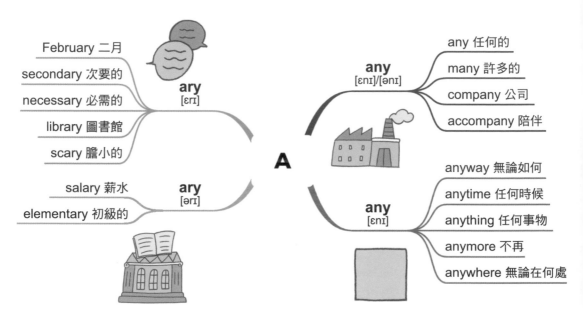

February 二月
secondary 次要的
necessary 必需的
library 圖書館
scary 膽小的

ary [ɛrɪ]

salary 薪水
elementary 初級的

ary [ərɪ]

A

any [ɛnɪ]/[ənɪ]

any 任何的
many 許多的
company 公司
accompany 陪伴

any [ɛnɪ]

anyway 無論如何
anytime 任何時候
anything 任何事物
anymore 不再
anywhere 無論在何處

Ⅰ.用跟讀的方式體會字母 A 的發音。

Unit_08.mp3

---

any [ˈɛnɪ] 形 任何的
many [ˈmɛnɪ] 形 許多的
company [ˈkʌmpənɪ] 名 公司
accompany [əˈkʌmpənɪ] 動 陪伴
anyway [ˈɛnɪˌwe] 副 無論如何
anytime [ˈɛnɪˌtaɪm] 副 任何時候

anything [ˈɛnɪˌθɪŋ] 代 任何事物
anymore [ˈɛnɪˌmor] 副 （不）再
anywhere [ˈɛnɪˌwɛr] 副 無論在何處
salary [ˈsælərɪ] 名 薪水
elementary [ˌɛləˈmɛntərɪ] 形 初級的

February [ˈfɛbruɛrɪ] 名 二月
secondary [ˈsɛkənderɪ] 形 次要的
necessary [ˈnɛsəsɛrɪ] 形 必需的
library [ˈlaɪbrɛrɪ] 名 圖書館
scary [ˈskɛrɪ] 形 膽小的

2. 各群組適用的自然發音規則

❶

any
[ɛnɪ]

any 通常唸成 [ɛnɪ]。

Ex. **any** 任何的 　　　**many** 許多的 　　　**anyway** 無論如何
　　anytime 任何時候 　**anything** 任何事物
　　anymore（不）再 　**anywhere** 無論在何處

* any 的 a 若在輕音節，通常唸短音 [ə]。例如：
company 公司 　　**accompany** 陪伴 　　**botany** 植物學

❷

ary
[ɛrɪ]

ary 通常唸 [ɛrɪ]。

Ex. **scary** 膽小的 　　**library** 圖書館 　　**February** 二月
　　secondary 第二的 　　**necessary** 必需的

* ary 的 a 若在輕音節，通常唸短音 [ə]。例如：
salary 薪資 　　**elementary** 初級的

3. 選出正確的中文

anyway	**many**	**company**	**February**	**library**
↓	▽	↓	▽	↓
1. 無論在何處	必需的	植物學	二月	圖書館
2. 任何時候	膽小的	公司	任何的	薪水
3. 無論如何	許多的	任何事物	次要的	許多的

4. 請寫出正確的英文單字

無論如何	膽小的	次要的	任何事物	任何的	薪水
--------	--------	--------	--------	--------	--------
二月	許多的	無論在何處	必需的	公司	任何時候
--------	--------	--------	--------	--------	--------
圖書館	陪伴	（不）再			
--------	--------	--------			

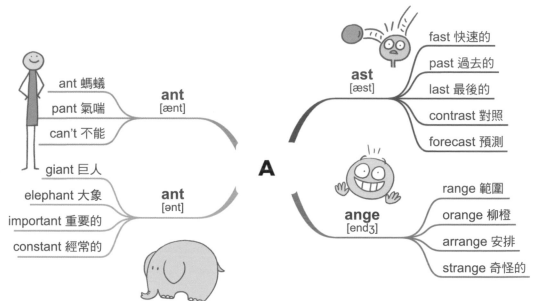

ant 螞蟻
pant 氣喘
can't 不能

ant
[ænt]

giant 巨人
elephant 大象
important 重要的
constant 經常的

ant
[ənt]

A

fast 快速的
past 過去的
last 最後的
contrast 對照
forecast 預測

ast
[æst]

range 範圍
orange 柳橙
arrange 安排
strange 奇怪的

ange
[endʒ]

Ⅰ. 用跟讀的方式體會字母 A 的發音。

Unit_09.mp3

fast [fæst] 形 快速的
past [pæst] 形 過去的
last [læst] 形 最後的
contrast [ˈkɑnˌtræst] 名 對照
forecast [ˈforkæst] 動 預測
range [reɪndʒ] 名 範圍

orange [ˈɔrɪndʒ] 名 柳橙
arrange [əˈrendʒ] 動 安排
strange [strendʒ] 形 奇怪的
giant [ˈdʒaɪnət] 名 巨人
elephant [ˈɛləfənt] 名 大象

important [ɪmˈpɔrtṇt] 形 重要的
constant [ˈkɑnˌstənt] 形 經常的
ant [ænt] 名 螞蟻
pant [pænt] 動 氣喘
can't [kænt] 助 不能

2. 各群組適用的自然發音規則

❶

ast
[æst]

ast 通常唸成 [æst]。
Ex. **fast** 快速的　　　**past** 過去的　　　**last** 最後的
　　contrast 對照　　**forecast** 預測

❷

ange
[endʒ]

1. ange 通常唸成 [endʒ]。
2. 字尾 ge 唸 [dʒ]，e 在字尾通常不發音。
Ex. **range** 範圍　　**arrange** 安排　　**strange** 奇怪的
* ange 有時例外唸成 [ɪndʒ]。Ex. **orange** 柳橙

❸

ant
[ənt]

ant 在字首或重音節通常唸 [ænt]，但在輕音節通常唸 [ənt]。
Ex. **ant** 螞蟻　　　　**can't** 不能　　　　**pant** 氣喘
　　giant 巨人　　　**elephant** 大象　　　**constant** 通常的
* ant 的 a 在輕音節有時會弱化為 [ṇt] 的更短音。
　Ex. **important** 重要的
* ant 的 a 有時也會唸成 [ɑ] 的音。
　Ex. **want** 想要

3. 選出正確的中文

want	past	last	range	important
↓	▼	↓	▼	↓
1. 巨人	過去的	最後的	柳橙	通常的
2. 想要	預測	奇怪的	安排	大象
3. 螞蟻	快速的	對照	範圍	重要的

4. 請寫出正確的英文單字

奇怪的	柳橙	對照	通常的	巨人	想要
最後的	大象	螞蟻	快速的	重要的	範圍
預測	安排	過去的			

用字母 A 串出的 自然發音單字(10)

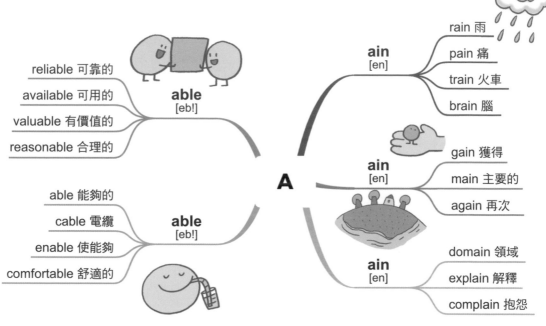

reliable 可靠的
available 可用的
valuable 有價值的
reasonable 合理的

able
[eb!]

able 能夠的
cable 電纜
enable 使能夠
comfortable 舒適的

able
[eb!]

A

ain
[en]

rain 雨
pain 痛
train 火車
brain 腦

ain
[en]

gain 獲得
main 主要的
again 再次

ain
[en]

domain 領域
explain 解釋
complain 抱怨

Ⅰ.用跟讀的方式體會字母 A 的發音。

Unit_10.mp3

rain [ren] 名 雨
pain [pen] 名 痛
train [tren] 名 火車
brain [bren] 名 腦
gain [gen] 動 獲得
main [men] 形 主要的
again [əˋgen] 副 再次
domain [dəˋmen]
名 領域

explain [ɪkˋsplen]
動 解釋
complain [kəmˋplen]
動 抱怨
able [ˋebl] 形 能夠的
cable [ˋkebl] 名 電纜
enable [ɪˋnebl] 動 使能夠
comfortable
[ˋkʌmftəbl] 形 舒適的

reliable [rɪˋlaɪəbl]
形 可靠的
available [əˋveləbl]
形 可用的
valuable [ˋvæljuəbl]
形 有價值的
reasonable [ˋriznəbl]
形 合理的

2. 各群組適用的自然發音規則

❶

ain
[en]

ain 在單音節或重音節通常唸成 [en]。

Ex、 **rain** 雨　　　　**pain** 痛　　　**train** 火車　　　**brain** 腦
　　 gain 獲得　　　**main** 主要的　**domain** 領域　　**explain** 解釋
　　 complain 抱怨

* 但 ain 在非重音節可能唸成 [ən] 或 [ɪn] 的音。
　　Ex、 **mountain** 山　　　**fountain** 泉水

❷

able
[eb!]

able 唸成 [eb!]，b 和 l 之間雖然沒有母音字母，但發音時是有一個小聲的 [ə] 音，字尾 -ble 唸成 [b!]。

Ex、 **able** 能夠的　　　　**cable** 電纜　　　**enable** 使能夠
　　 comfortable 舒服的　**reliable** 可靠的　**available** 可用的
　　 valuable 有價值的　　**reasonable** 合理的

3. 選出正確的中文

complain	valuable	cable	brain	domain
↓	▼	↓	▼	↓
1. 解釋	有價值的	獲得	痛	火車
2. 抱怨	可靠的	使能夠	雨	領域
3. 再次	舒適的	電纜	腦	主要的

4. 請寫出正確的英文單字

合理的	解釋	主要的	電纜	可靠的	火車
獲得	能夠的	舒適的	領域	痛	可用的
抱怨	有價值的	雨	使能夠	再次	腦

用字母 B 串出的自然發音單字(1)

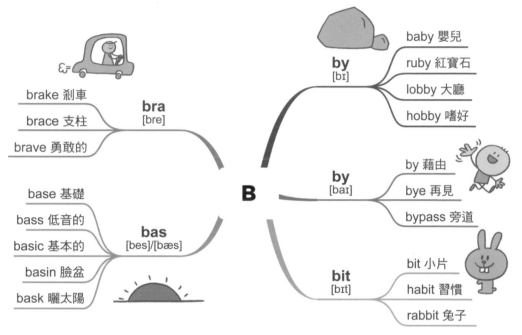

by [bɪ]
- baby 嬰兒
- ruby 紅寶石
- lobby 大廳
- hobby 嗜好

bra [bre]
- brake 剎車
- brace 支柱
- brave 勇敢的

bas [bes]/[bæs]
- base 基礎
- bass 低音的
- basic 基本的
- basin 臉盆
- bask 曬太陽

B

by [baɪ]
- by 藉由
- bye 再見
- bypass 旁道

bit [bɪt]
- bit 小片
- habit 習慣
- rabbit 兔子

Ⅰ.用跟讀的方式體會字母 B 的發音。

Unit_11.mp3

baby [ˈbebɪ] 名 嬰兒
ruby [ˈrubɪ] 名 紅寶石
lobby [ˈlɑbɪ] 名 大廳
hobby [ˈhɑbɪ] 名 嗜好
by [baɪ] 介 藉由
bye [baɪ] 歎 再見
bypass [ˈbaɪ͵pæs]
名 旁道

bit [bɪt] 名 小片
habit [ˈhæbɪt] 名 習慣
rabbit [ˈræbɪt] 名 兔子
base [bes] 名 基礎
bass [bes] 形 低音的
basic [ˈbesɪk] 形 基本的
basin [ˈbesn̩] 名 臉盆

bask [bæsk] 動 曬太陽
brake [brek] 動 剎車
brace [bres] 名 支柱
brave [brev] 形 勇敢的

2. 各群組適用的自然發音規則

❶

by
[bɪ]

出現在字尾或輕音節的 by 通常唸成 [bɪ]。

Ex. **baby** 嬰兒　　**ruby** 紅寶石　　**lobby** 大廳　　**hobby** 嗜好

* 但出現在字首時，by 通常會唸成 [baɪ]。

Ex. **by** 藉由　　**bye** 再見　　**by**pass 旁道

---

❷

bit
[bɪt]

bit 在字尾通常唸成 [bɪt]。

Ex. **bit** 小片　　**habit** 習慣　　**rabbit** 兔子

---

❸

bas
[bes]

bas 通常唸成 [bes]。

Ex. **base** 基礎　　**bass** 低音的　　**basic** 基本的　　**bas**in 臉盆

* 但 bas 有時亦唸成 [bæs]。Ex. **bask** 曬太陽

---

❹

bra
[bre]

bra 後面接「子音+字尾 e」時，適用「a+子音+e」的發音規則，發 [bre] 的音。

Ex. **brake** 煞車　　**brace** 支柱　　**brave** 勇敢的

* 但 bra 在「子音+a+子音」的組合中，如前面提到過，a 發 [æ] 的音。Ex. **brand** 品牌，**branch** 分支

3. 選出正確的中文

base	by	basic	brave	habit
↓	▽	↓	▽	↓
1. 基礎	小片	曬太陽	旁道	習慣
2. 勇敢的	藉由	刹車	勇敢的	臉盆
3. 低音的	支柱	基本的	嗜好	兔子

4. 請寫出正確的英文單字

勇敢的	基本的	再見	刹車	基礎	大廳
臉盆	支柱	小片	藉由	曬太陽	嬰兒
低音的	兔子	習慣	旁道	紅寶石	嗜好

用字母 **B** 串出的自然發音單字(2)

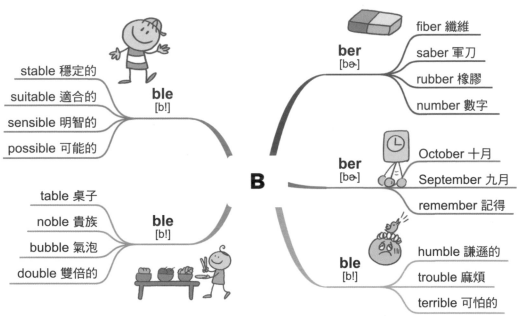

ber [bɚ]
- fiber 纖維
- saber 軍刀
- rubber 橡膠
- number 數字

ble [b!]
- stable 穩定的
- suitable 適合的
- sensible 明智的
- possible 可能的

B

ble [b!]
- table 桌子
- noble 貴族
- bubble 氣泡
- double 雙倍的

ber [bɚ]
- October 十月
- September 九月
- remember 記得

ble [b!]

- humble 謙遜的
- trouble 麻煩
- terrible 可怕的

丨.用跟讀的方式體會字母 B 的發音。

Unit_12.mp3

---

fiber ['faɪbɚ] 名 纖維

saber ['sebɚ] 名 軍刀

rubber ['rʌbɚ] 名 橡膠

number ['nʌmbɚ] 名 數字

October [ɑk'tobɚ] 名 十月

September [sɛp'tɛmbɚ] 名 九月

remember [rɪ'mɛmbɚ] 動 記得

humble ['hʌmbl] 形 謙遜的

trouble ['trʌbl] 名 麻煩

terrible ['tɛrəbl] 形 可怕的

table ['tebl] 名 桌子

noble ['nobl] 名 貴族

bubble ['bʌbl] 名 氣泡

double ['dʌbl] 形 雙倍的

stable ['stebl] 形 穩定的

suitable ['sutəbl] 形 適合的

sensible ['sɛnsəbl] 形 明智的

possible ['pɑsəbl] 形 可能的

2. 各群組適用的自然發音規則

❶
ber
[bɚ]

ber 在字尾通常唸成 [bɚ]。
Ex. **fiber** 纖維　　**saber** 軍刀　　**rubber** 橡膠　**number** 數字
　　October 十月　**September** 九月　**remember** 記得

❷
ble
[b!]

ble 在字尾通常唸成 [b!]。
Ex. **humble** 謙遜的　　**trouble** 麻煩　　　**terrible** 可怕的
　　table 桌子　　　**noble** 貴族　　　**bubble** 氣泡
　　double 雙倍的　　**stable** 穩定的　　**suitable** 適合的
　　sensible 明智的　**possible** 可能的

3. 選出正確的中文

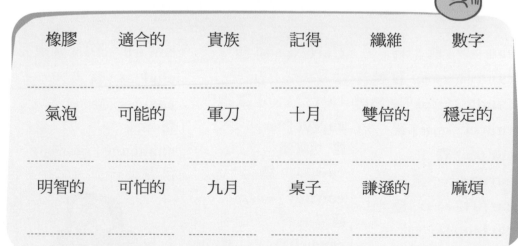

possible	trouble	October	remember	double
↓	▼	↓	▼	↓
1. 謙遜的	可怕的	十月	記得	桌子
2. 可能的	明智的	九月	數字	雙倍的
3. 適合的	麻煩	橡膠	軍刀	氣泡

4. 請寫出正確的英文單字

橡膠	適合的	貴族	記得	纖維	數字
-------	-------	-------	-------	-------	-------
氣泡	可能的	軍刀	十月	雙倍的	穩定的
-------	-------	-------	-------	-------	-------
明智的	可怕的	九月	桌子	謙遜的	麻煩
-------	-------	-------	-------	-------	-------

13 用字母 C 串出的自然發音單字(1)

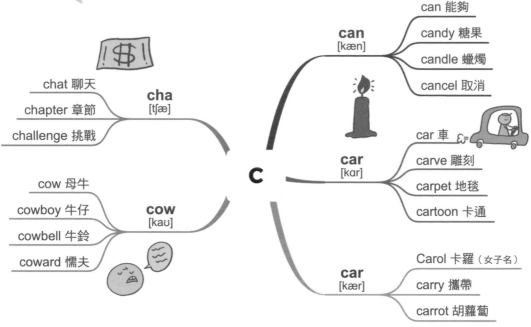

cha [tʃæ]
- chat 聊天
- chapter 章節
- challenge 挑戰

cow [kaʊ]
- cow 母牛
- cowboy 牛仔
- cowbell 牛鈴
- coward 懦夫

C

can [kæn]
- can 能夠
- candy 糖果
- candle 蠟燭
- cancel 取消

car [kɑr]
- car 車
- carve 雕刻
- carpet 地毯
- cartoon 卡通

car [kær]
- Carol 卡羅（女子名）
- carry 攜帶
- carrot 胡蘿蔔

1.用跟讀的方式體會字母 C 的發音。

Unit_13.mp3

can [kæn] 助 能夠
candy [ˈkændɪ] 名 糖果
candle [ˈkændl] 名 蠟燭
cancel [ˈkænsl] 動 取消
car [kɑr] 名 車
carve [kɑrv] 動 雕刻
carpet [ˈkɑrpɪt] 名 地毯
cartoon [kɑrˈtun] 名 卡通

Carol [ˈkærəl] 名 卡羅（女子名）
carry [ˈkærɪ] 動 攜帶
carrot [ˈkærət] 名 胡蘿蔔
cow [kaʊ] 名 母牛
cowboy [ˈkaʊbɔɪ] 名 牛仔
cowbell [ˈkaʊbɛl] 名 牛鈴

coward [ˈkaʊɚd] 名 懦夫
chat [tʃæt] 動 聊天
chapter [tʃæptɚ] 名 章節
challenge [ˈtʃælɪndʒ] 名 挑戰

2. 各群組適用的自然發音規則

❶ can [kæn]

can 通常唸成 [kæn]，字首 c 通常發 [k] 的音。
Ex. **can** 能夠　　**can**dy 糖果　　**can**dle 蠟燭　　**can**cel 取消

❷ car [kɑr]

car 通常唸成 [kɑr]。
Ex. **car** 車　　**car**d 卡片　　**car**pet 地毯　　**car**toon 卡通
* 但 car 後面出現母音時，ca 通常就會發 [kæ] 的音。
　Ex. **Car**ol 女子名　　**car**rot 胡蘿蔔　　**car**ry 攜帶
* **care**（照顧）中的 car 例外唸成 [kɛr]。

❸ cow [kaʊ]

cow 通常唸成 [kaʊ]。
Ex. **cow** 母牛　　**cow**boy 牛仔　　**cow**bell 牛鈴　　**cow**ard 懦夫

❹ cha [tʃæ]

cha 通常唸成 [tʃæ]。ch 通常發無聲子音 [tʃ]。
Ex. **cha**t 聊天　　**cha**llenge 挑戰　　**cha**nce 機會
　　chapter 章節
* 但是當字母 a 後面遇到 r 時，ar 通常發 [ɑr] 的音。
　Ex. **cha**rge（收費）。

3. 選出正確的中文

carry ↓	challenge ▼	charge ↓	car ▼	care ↓
1. 攜帶	取消	收費	車	地毯
2. 胡蘿蔔	蠟燭	糖果	懦夫	聊天
3. 雕刻	挑戰	牛鈴	卡通	照顧

4. 請寫出正確的英文單字

挑戰	懦夫	母牛	地毯	牛鈴	車
--------	--------	--------	--------	--------	--------
攜帶	雕刻	蠟燭	收費	胡蘿蔔	糖果
--------	--------	--------	--------	--------	--------
聊天	取消	卡通	能夠	照顧	牛仔

14 用字母 C 串出的自然發音單字(2)

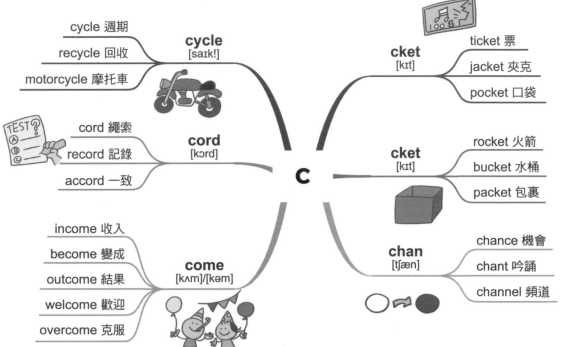

cycle [saɪk!]
- cycle 週期
- recycle 回收
- motorcycle 摩托車

cord [kɔrd]
- cord 繩索
- record 記錄
- accord 一致

come [kʌm]/[kəm]
- income 收入
- become 變成
- outcome 結果
- welcome 歡迎
- overcome 克服

C

cket [kɪt]
- ticket 票
- jacket 夾克
- pocket 口袋

cket [kɪt]
- rocket 火箭
- bucket 水桶
- packet 包裹

chan [tʃæn]
- chance 機會
- chant 吟誦
- channel 頻道

Ⅰ. 用跟讀的方式體會字母 C 的發音。

Unit_14.mp3

ticket ['tɪkɪt] 名 票
jacket ['dʒækɪt] 名 夾克
pocket ['pɑkɪt] 名 口袋
rocket ['rɑkɪt] 名 火箭
bucket ['bʌkɪt] 名 水桶
packet ['pækɪt] 名 包裹
chance [tʃæns] 名 機會
chant [tʃænt] 動 吟誦

channel ['tʃænl] 名 頻道
income ['ɪnkʌm] 名 收入
become [bɪ'kʌm] 動 變成
outcome ['aʊtkʌm] 名 結果
welcome ['wɛlkəm] 動 歡迎
overcome [,ovə'kʌm] 動 克服

cord [kɔrd] 名 繩索
record [rɪ'kɔrd] 動 記錄
accord [ə'kɔrd] 動 符合
cycle ['saɪk!] 名 週期
recycle [,rɪ'saɪk!] 動 回收
motorcycle ['motə-saɪk!] 名 摩托車

2. 各群組適用的自然發音規則

❶ cket
[kɪt]

cket 通常在字尾，唸成 [kɪt]，其中 ck 發 [k] 的音。

Ex. ti**cket** 票　　**jacket** 夾克　　po**cket** 口袋　　ro**cket** 火箭

bu**cket** 水桶　　pa**cket** 包裹

❷ chan
[tʃæn]

chan 適用「子音+a+子音」的規則，所以通常唸成 [tʃæn]。

Ex. **chance** 機會　　**channel** 頻道　　**chant** 吟誦

* chan 有時會唸成 [tʃen]。Ex. **change** 改變

❸ come
[kʌm]

come 通常唸成 [kʌm]。

Ex. in**come** 收入　　be**come** 變成　　out**come** 結果

over**come** 克服

* come 有時會唸成[kəm]。Ex. wel**come** 歡迎

❹ cord
[kɔrd]

cord 通常唸成 [kɔrd]。

Ex. **cord** 繩索　　ac**cord** 一致　　re**cord** 記錄（當動詞）

* cord 也有例外的發音。例如 record 當名詞時，cord 唸成 [kɚd]。

❺ cycle
[ˈsaɪk!]

cycle 通常唸成 [saɪk!]。字尾的 cle 發 [k!] 的音。

Ex. **cycle** 週期　　re**cycle** 回收　　motor**cycle** 摩托車

3. 選出正確的中文

ticket	record	cycle	change	become
↓	▼	↓	▼	↓
1. 包裹	繩索	週期	改變	克服
2. 票	紀錄	機會	頻道	結果
3. 水桶	一致	收入	口袋	變成

4. 請寫出正確的英文單字

紀錄	機會	火箭	克服	回收	改變
包裹	摩托車	週期	頻道	收入	變成
結果	一致	繩索	口袋	歡迎	票
夾克	水桶				

15 用字母 C 串出的自然發音單字(3)

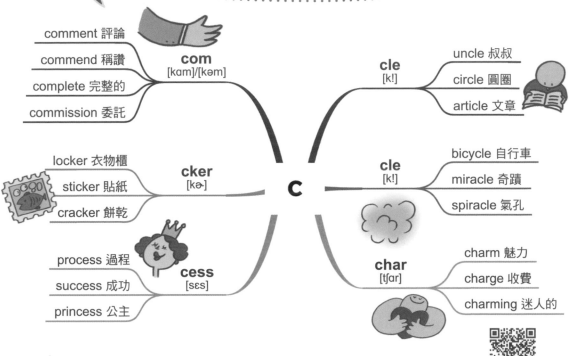

com [kam]/[kəm]
- comment 評論
- commend 稱讚
- complete 完整的
- commission 委託

cle [k!]
- uncle 叔叔
- circle 圓圈
- article 文章

cker [kə-]
- locker 衣物櫃
- sticker 貼紙
- cracker 餅乾

cle [k!]
- bicycle 自行車
- miracle 奇蹟
- spiracle 氣孔

cess [sɛs]
- process 過程
- success 成功
- princess 公主

char [tʃar]
- charm 魅力
- charge 收費
- charming 迷人的

C

丨.用跟讀的方式體會字母 C 的發音。

Unit_15.mp3

uncle [ˈʌŋkl̩] 名 叔叔

circle [ˈsɝkl̩] 名 圓圈

article [ˈɑrtɪkl̩] 名 文章

bicycle [ˈbaɪsɪkl̩]
名 自行車

miracle [ˈmɪrəkl̩]
名 奇蹟

spiracle [ˈspaɪrəkl̩]
名 氣孔

charm [tʃɑrm] 名 魅力

charge [tʃɑrdʒ] 動 收費

charming [ˈtʃɑrmɪŋ]
形 迷人的

process [ˈprɑsɛs]
名 過程

success [səkˈsɛs]
名 成功

princess [ˌprɪnˈsɛs]
名 公主

locker [ˈlɑkə]
名 衣物櫃

sticker [ˈstɪkə] 名 貼紙

cracker [ˈkrækə]
名 餅乾

comment [ˈkɑmɛnt]
動 評論

commend [kəˈmɛnd]
動 稱讚

complete [kəmˈplit]
形 完整的

commission
[kəˈmɪʃən] 名 委託

2.各群組適用的自然發音規則

❶

cle
[k!]

出現在字尾的 cle 通常唸成 [k!]。

Ex. uncle 叔叔　　　circle 圓圈　　　article 文章
　　bicycle 自行車　　miracle 奇蹟　　spiracle 氣孔

❷

char
[tʃɑr]

char 通常唸成 [tʃɑr]。

Ex. charm 魅力　　charge 收費　　charming 迷人的

❸

cess
[sɛs]

cess 通常唸成 [sɛs]。兩個 ss 只發一個 [s] 的音。

Ex. access 存取　　princess 公主　　process 過程
　　success 成功

❹

cker
[kɚ]

cker 通常唸成 [kɚ]。ck 通常發 [k] 的音。

Ex. locker 衣物櫃　　sticker 貼紙　　cracker 餅乾

❺

com
[kam]

com 通常唸成或 [kam]。

Ex. comment 評價　　common 常見的　　comedy 喜劇
* com 有時會唸成 [kʌm]。Ex. come 來
* com 如果在非重音節，通常唸成 [kəm]。
　Ex. complete 完整的　　commission 委託　　community 社區

3.選出正確的中文

article	charge	complete	comment	commend
↓	▼	↓	▼	↓
1. 文章	魅力	過程	成功	稱讚
2. 氣孔	叔叔	完整的	評論	委託
3. 圓圈	收費	公主	餅乾	奇蹟

4.請寫出正確的英文單字

委託	圓圈	氣孔	完整的	衣物櫃	收費
自行車	迷人的	評論	稱讚	文章	貼紙
魅力	奇蹟	成功	餅乾		
過程	公主	叔叔			

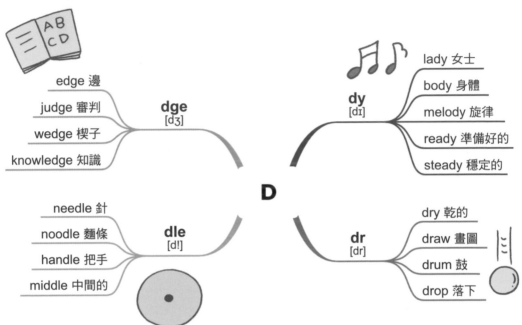

dge [dʒ]
- edge 邊
- judge 審判
- wedge 楔子
- knowledge 知識

dy [dɪ]
- lady 女士
- body 身體
- melody 旋律
- ready 準備好的
- steady 穩定的

D

dle [dl̩]
- needle 針
- noodle 麵條
- handle 把手
- middle 中間的

dr [dr]
- dry 乾的
- draw 畫圖
- drum 鼓
- drop 落下

1.用跟讀的方式體會字母 D 的發音。

Unit_16.mp3

lady [ˈledɪ] 名 女士	**dry** [draɪ] 形 乾的	**middle** [ˈmɪdl̩] 形 中間的
body [ˈbadɪ] 名 身體	**draw** [drɔ] 動 畫圖	**edge** [ɛdʒ] 名 邊
melody [ˈmɛlədɪ] 名 旋律	**drum** [drʌm] 名 鼓	**judge** [dʒʌdʒ] 動 審判
ready [ˈrɛdɪ] 形 準備好的	**drop** [drap] 動 落下	**wedge** [wɛdʒ] 名 楔子
steady [ˈstɛdɪ] 形 穩定的	**needle** [ˈnidl̩] 名 針	**knowledge** [ˈnalɪdʒ] 名 知識
	noodle [ˈnudl̩] 名 麵條	
	handle [ˈhændl̩] 名 把手	

2. 各群組適用的自然發音規則

❶ **dy**
[dɪ]

dy 在字尾通常唸成 [dɪ]。
Ex. lady 女士　　　body 身體　　　melody 旋律
　　 ready 準備好的　steady 穩定的

❷ **dr**
[dr]

dr 的發音是 [dr]，此時無聲的 [d] 要發接近有聲的 [dʒ]。
Ex. dry 乾的　draw 畫圖　drum 鼓　drop 落下

❸ **dle**
[d!]

dle 在字尾通常唸成 [d!]。
Ex. needle 針　noodle 麵條　handle 把手　middle 中間的

❹ **dge**
[dʒ]

dge 在字尾通常唸成 [dʒ]。
Ex. edge 邊　judge 審判　wedge 楔子　knowledge 知識

3. 選出正確的中文

judge	knowledge	body	ready	middle
↓	▼	↓	▼	↓
1. 審判	旋律	穩定的	準備好的	把手
2. 邊	落下	女士	乾的	麵條
3. 畫圖	知識	身體	鼓	中間的

4. 請寫出正確的英文單字

準備好的	邊	把手	鼓	審判	針
知識	旋律	楔子	穩定的	女士	中間的
畫圖	落下	乾的	麵條	身體	

17 用字母 D 串出的自然發音單字(2)

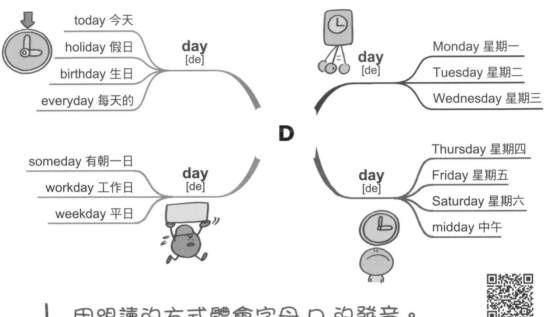

today 今天
holiday 假日
birthday 生日
everyday 每天的
day [de]

Monday 星期一
Tuesday 星期二
Wednesday 星期三
day [de]

D

someday 有朝一日
workday 工作日
weekday 平日
day [de]

Thursday 星期四
Friday 星期五
Saturday 星期六
midday 中午
day [de]

1.用跟讀的方式體會字母 D 的發音。

Unit_17.mp3

Monday [ˈmʌnde]
名 星期一

Tuesday [ˈtjuzde]
名 星期二

Wednesday [ˈwɛnzde]
名 星期三

Thursday [ˈθɝzde]
名 星期四

Friday [ˈfraɪde]
名 星期五

Saturday [ˈsætɚde]
名 星期六

midday [ˈmɪdˌde]
名 中午

someday [ˈsʌmde]
副 有朝一日

workday [ˈwɝkde]
名 工作日

weekday [ˈwikde]
名 平日

today [təˈde] 名 今天

holiday [ˈhɑləde] 名 假日

birthday [ˈbɝθde]
名 生日

everyday [ˈɛvrɪde]
形 每天的

2. 各群組適用的自然發音規則

day
[de]

day 通常唸成 [de]。

Ex. Monday 星期一　　Tuesday 星期二　　Wednesday 星期三
Thursday 星期四　　Friday 星期五　　Saturday 星期六
midday 中午　　someday 有朝一日　　workday 工作日
weekday 平日　　today 今天　　holiday 假日
birthday 生日　　everyday 每天的　　daylight 日光

3. 選出正確的中文

birthday ↓	Monday ▼	holiday ↓	Wednesday ▼	Saturday ↓
1. 中午	星期四	假日	星期二	星期六
2. 生日	平日	每天的	星期五	星期日
3. 今天	星期一	白天	星期三	工作日

4. 請寫出正確的英文單字

今天	星期六	有朝一日	星期五	每天的	平日
星期三	生日	假日	星期四		
星期二	中午	星期一	工作日		

18 用字母 **D** 串出的
自然發音單字(3)

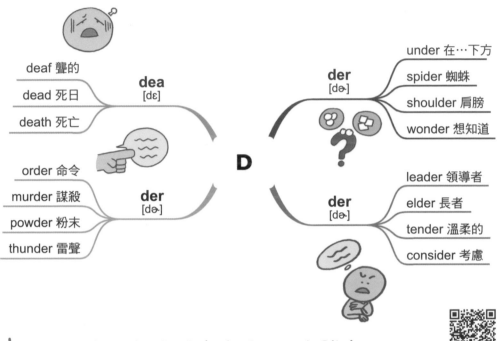

deaf 聾的
dead 死日
death 死亡

dea [dɛ]

order 命令
murder 謀殺
powder 粉末
thunder 雷聲

der [də]

D

der [də]
under 在…下方
spider 蜘蛛
shoulder 肩膀
wonder 想知道

der [də]
leader 領導者
elder 長者
tender 溫柔的
consider 考慮

Ⅰ.用跟讀的方式體會字母 D 的發音。

Unit_18.mp3

under [ˈʌndə]
介 在…下方
spider [ˈspaɪdə] 名 蜘蛛
shoulder [ˈʃoldə]
名 肩膀
wonder [ˈwʌndə]
動 想知道
leader [ˈlidə] 名 領導者
elder [ˈɛldə] 名 長者

tender [ˈtɛndə]
形 溫柔的
consider [kənˈsɪdə]
動 考慮
order [ˈɔdə] 動 命令
murder [ˈmɝdə]
動 謀殺
powder [ˈpaʊdə]
名 粉末

thunder [ˈθʌndə]
名 雷聲
deaf [dɛf] 形 聾的
dead [dɛd] 形 死的
death [dɛθ] 名 死亡

2. 各群組適用的自然發音規則

❶

der
[dɚ]

der 在字尾通常唸成 [dɚ]。

Ex. under 在下方　　spider 蜘蛛　　shoulder 肩膀
wonder 想知道　　leader 領導者　　elder 長者
tender 溫柔的　　consider 考慮　　order 命令
murder 謀殺　　powder 粉末　　thunder 雷聲

❷

dea
[dɛ]

dea 通常唸成 [dɛ]。

Ex. deaf 聾的　　dead 死的　　death 死亡
* dea 有時也唸成 [di] 或 [dɪ]。
Ex. deal 交易　　dear 親愛的

3. 選出正確的中文

wonder ↓	order ▼	under ↓	consider ▼	death ↓
1. 肩膀	領導者	在…下方	粉末	謀殺
2. 想知道	命令	溫柔的	考慮	聾的
3. 蜘蛛	長者	雷聲	鼓掌	死亡

4. 請寫出正確的英文單字

命令	雷聲	考慮	粉末	死亡	肩膀
在…下方	長者	蜘蛛	領導者	聾的	死的
謀殺	想知道	溫柔的			

19 用字母 E 串出的自然發音單字(1)

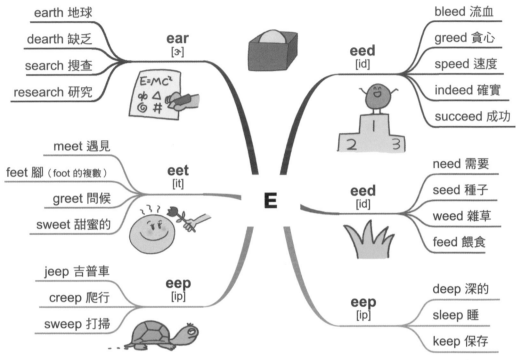

ear [ɝ]
- earth 地球
- dearth 缺乏
- search 搜查
- research 研究

eed [id]
- bleed 流血
- greed 貪心
- speed 速度
- indeed 確實
- succeed 成功

eet [it]
- meet 遇見
- feet 腳（foot 的複數）
- greet 問候
- sweet 甜蜜的

E

eed [id]
- need 需要
- seed 種子
- weed 雜草
- feed 餵食

eep [ip]
- jeep 吉普車
- creep 爬行
- sweep 打掃

eep [ip]
- deep 深的
- sleep 睡
- keep 保存

1.用跟讀的方式體會字母 E 的發音。

Unit_19.mp3

bleed [blid] 動 流血
greed [grid] 名 貪心
speed [spid] 名 速度
indeed [ɪnˈdid] 副 確實
succeed [səkˈsid] 動 成功
need [nid] 動 需要
seed [sid] 名 種子
weed [wid] 名 雜草

feed [fid] 動 餵食
deep [dip] 形 深的
sleep [slip] 動 睡
keep [kip] 動 保存
jeep [dʒip] 名 吉普車
creep [krip] 動 爬行
sweep [swip] 動 打掃
meet [mit] 動 遇見

feet [fit] 名 腳
（foot 的複數）
greet [grit] 動 問候
sweet [swit] 形 甜蜜的
earth [ɝθ] 名 地球
dearth [dɝθ] 名 缺乏
search [sɝtʃ] 動 搜查
research [rɪˈsɝtʃ] 名 研究

2. 各群組適用的自然發音規則

❶

eed
[id]

eed 通常唸成 [id]。-ee- 通常唸成 [i]。

Ex. bleed 流血　　greed 貪心　　　speed 速度
indeed 確實　　succeed 成功　　need 需要
seed 種子　　　weed 雜草　　　feed 餵食

❷

eep
[ip]

eep 通常唸成 [ip]。

Ex. deep 深的　　sleep 睡　　keep 保存　　jeep 吉普車
creep 爬行　　sweep 打掃

❸

eet
[it]

eet 通常唸成 [it]。

Ex. meet 遇見　　feet 腳（foot 的複數）　　greet 問候
sweet 甜蜜的

❹

ear
[ɚ]

ear 後面接子音時通常唸成 [ɚ]。

Ex. earth 地球　　dearth 缺乏　　search 搜查　　research 研究

3. 選出正確的中文

speed	search	sweet	succeed	need
↓	▼	↓	▼	↓
1. 速度	確實	腳	成功	保存
2. 打掃	搜查	甜蜜的	爬行	需要
3. 雜草	問候	貪心	保存	種子

4. 請寫出正確的英文單字

打掃	睡	成功	遇見	流血	腳（複數）
雜草	餵食	需要	問候	深的	保存
甜蜜的	種子	貪心	爬行	確實	速度
搜查	吉普車	研究			

20 用字母 E 串出的自然發音單字(2)

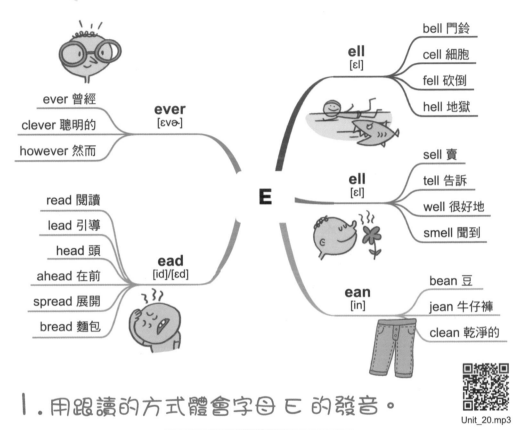

ell [ɛl]
- bell 門鈴
- cell 細胞
- fell 砍倒
- hell 地獄

ever [ɛvə]
- ever 曾經
- clever 聰明的
- however 然而

ell [ɛl]
- sell 賣
- tell 告訴
- well 很好地
- smell 聞到

E

ead [id]/[ɛd]
- read 閱讀
- lead 引導
- head 頭
- ahead 在前
- spread 展開
- bread 麵包

ean [in]
- bean 豆
- jean 牛仔褲
- clean 乾淨的

Unit_20.mp3

1. 用跟讀的方式體會字母 E 的發音。

bell [bɛl] 名 門鈴
cell [sɛl] 名 細胞
fell [fɛl] 動 砍倒
hell [hɛl] 名 地獄
sell [sɛl] 動 賣
tell [tɛl] 動 告訴
well [wɛl] 副 很好地
smell [smɛl] 動 聞到

bean [bin] 名 豆
jean [dʒɪn] 名 牛仔褲
clean [klin] 形 乾淨的
read [rid] 動 閱讀
lead [lid] 動 引導
head [hɛd] 名 頭
ahead [əˈhɛd] 副 在前
spread [sprɛd] 動 展開

bread [brɛd] 名 麵包
ever [ˈɛvə] 副 曾經
clever [ˈklɛvə] 形 聰明的
however [hauˈɛvə] 副 然而

2. 各群組適用的自然發音規則

❶ ell [ɛl]

ell 通常唸成 [ɛl]。

Ex. bell 門鈴　　cell 細胞　　fell 砍倒　　hell 地獄
　　sell 賣　　tell 告訴　　well 很好地　　smell 聞到

❷ ean [in]

ean 通常唸成帶有長母音 [i] 的 [in]。

Ex. bean 豆　　clean 乾淨的　　mean 意指　　queen 皇后
* ean 少數情況下發帶有短母音 [ɪ] 的 [ɪn]。Ex. jean 牛仔褲

❸ ead [ɛd]

ead 通常唸成 [ɛd]。

Ex. head 頭　　ahead 在前　　spread 展開　　bread 麵包
　　read 閱讀（過去式）
* ead 有時會發 [id] 的音。
　　Ex. read 閱讀　　lead 引導　　bead 念珠

❹ ever [ɛvɚ]

ever 通常唸成 [ɛvɚ]。

Ex. ever 曾經　　clever 聰明的　　however 然而
* ever 有時唸成 [ivɚ]。Ex. fever 發燒

3. 選出正確的中文

sell ↓	tell ▼	fell ↓	however ▼	ever ↓
1. 門鈴	地獄	砍倒	然而	聰明的
2. 很好地	聞到	豆	麵包	曾經
3. 賣	告訴	細胞	引導	乾淨的

4. 請寫出正確的英文單字

牛仔褲	在前	展開	聰明的	然而	聞到
地獄	乾淨的	細胞	門鈴	引導	頭
告訴	豆	麵包	很好地		
砍倒	曾經	賣			

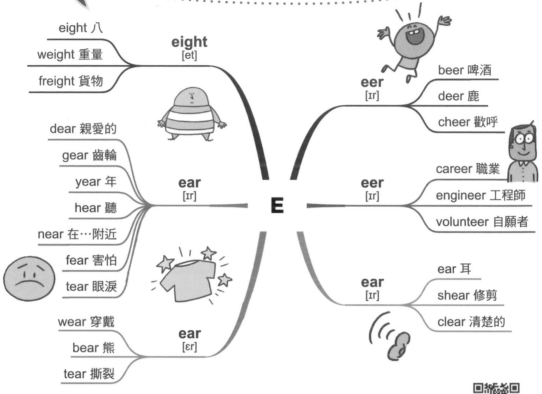

eight 八
weight 重量
freight 貨物
eight [et]

dear 親愛的
gear 齒輪
year 年
hear 聽
near 在…附近
fear 害怕
tear 眼淚
ear [ɪr]

wear 穿戴
bear 熊
tear 撕裂
ear [ɛr]

E

beer 啤酒
deer 鹿
cheer 歡呼
eer [ɪr]

career 職業
engineer 工程師
volunteer 自願者
eer [ɪr]

ear 耳
shear 修剪
clear 清楚的
ear [ɪr]

1. 用跟讀的方式體會字母 E 的發音。

Unit_21.mp3

beer [bɪr] 名 啤酒	**ear** [ɪr] 名 耳	**year** [jɪr] 名 年
deer [dɪr] 名 鹿	**shear** [ʃɪr] 動 修剪	**hear** [hɪr] 動 聽
cheer [tʃɪr] 動 歡呼	**clear** [klɪr] 形 清楚的	**near** [nɪr] 介 在…附近
career [kəˋrɪr] 名 職業	**wear** [wɛr] 動 穿戴	**fear** [fɪr] 動 害怕
engineer [͵ɛndʒɪˋnɪr] 名 工程師	**bear** [bɛr] 名 熊	**tear** [tɪr] 名 眼淚
	tear [tɛr] 動 撕裂	**eight** [et] 名 八
volunteer [͵vɑlənˋtɪr] 名 自願者	**dear** [dɪr] 形 親愛的	**weight** [wet] 名 重量
	gear [gɪr] 名 齒輪	**freight** [fret] 名 貨物

2. 各群組適用的自然發音規則

❶

eer
[ɪr]

eer 通常唸成 [ɪr]。兩個 e 的 ee 通常發長母音的 [i]，但後面和 r 擺在一起時，通常發短音的 [ɪ]。

Ex. beer 啤酒　　　　deer 鹿　　　cheer 歡呼　　career 職業
engineer 工程師　　volunteer 自願者

❷

ear
[ɪr]

ear 在字尾通常唸成 [ɪr]。

Ex. **ear** 耳　　　　shear 修剪　　　clear 清楚的　　year 年
hear 聽　　　　near 在⋯附近　　fear 害怕　　　tear 眼淚
dear 親愛的　　gear 齒輪

*ear 有時會唸成 [ɛr]。

　Ex. bear 熊　　　wear 穿戴　　　tear 撕開

❸

eight
[et]

eight 通常唸成 [et]。gh 常常是不發音的。
Ex. **eight** 八　　　weight 重量　　　freight 貨物

3. 選出正確的中文

cheer	wear	weight	shear	engineer
↓	▼	↓	▼	↓
1. 職業	眼淚	八	修剪	工程師
2. 齒輪	穿戴	聽	啤酒	貨物
3. 歡呼	耳	重量	害怕	自願者

4. 請寫出正確的英文單字

親愛的	在⋯附近	歡呼	貨物	自願者	眼淚
職業	修剪	穿戴	啤酒	重量	熊
齒輪	工程師	害怕	清楚的	八	鹿
耳	聽	年			

22 用字母 E 串出的自然發音單字(4)

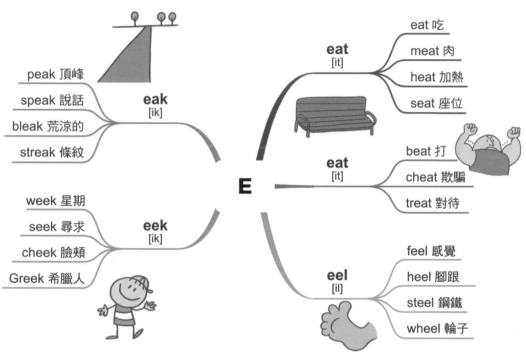

peak 頂峰
speak 說話
bleak 荒涼的
streak 條紋

eak
[ik]

week 星期
seek 尋求
cheek 臉頰
Greek 希臘人

eek
[ik]

E

eat
[it]
eat 吃
meat 肉
heat 加熱
seat 座位

eat
[it]
beat 打
cheat 欺騙
treat 對待

eel
[il]
feel 感覺
heel 腳跟
steel 鋼鐵
wheel 輪子

1. 用跟讀的方式體會字母 E 的發音。

Unit_22.mp3

eat [it] 動 吃	**feel** [fil] 動 感覺	**Greek** [grik] 名 希臘人
meat [mit] 名 肉	**heel** [hil] 名 腳跟	**peak** [pik] 名 頂峰
heat [hit] 動 加熱	**steel** [stil] 名 鋼鐵	**speak** [spik] 動 說話
seat [sit] 名 座位	**wheel** [wil] 名 輪子	**bleak** [blik] 形 荒涼的
beat [bit] 動 打	**week** [wik] 名 星期	**streak** [strik] 名 條紋
cheat [tʃit] 動 欺騙	**seek** [sik] 動 尋求	
treat [trit] 動 對待	**cheek** [tʃik] 名 臉頰	

2. 各群組適用的自然發音規則

❶ eat
[it]

eat 通常唸成 [it]。
Ex. **eat** 吃　　　**meat** 肉　　　**heat** 加熱　　　**seat** 座位
　　beat 打　　　**cheat** 欺騙　　**treat** 對待

❷ eel
[il]

eel 通常唸成 [il]。
Ex. **feel** 感覺　　**heel** 腳跟　　**steel** 鋼鐵　　**wheel** 輪子

❸ eek
[ik]

eek 通常唸成 [ik]。
Ex. **week** 星期　　**seek** 尋求　　**cheek** 臉頰　　**Greek** 希臘人

❹ eak
[ik]

eak 通常唸成 [ik]。
Ex. **peak** 頂峰　　**speak** 說話　　**bleak** 荒涼的　　**streak** 條紋

3. 選出正確的中文

treat	speak	seek	beat	seat
↓	▼	↓	▼	↓
1. 鋼鐵	頂峰	希臘人	欺騙	座位
2. 加熱	荒涼的	尋求	打	肉
3. 對待	說話	臉頰	感覺	吃

4. 請寫出正確的英文單字

星期	條紋	荒涼的	腳跟	對待	吃
說話	尋求	欺騙	鋼鐵	希臘人	頂峰
臉頰	座位	加熱	肉		
打	輪子	感覺			

23 用字母 E 串出的自然發音單字(5)

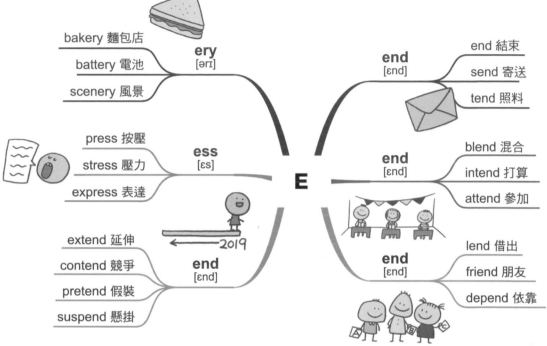

ery [ərɪ]
- bakery 麵包店
- battery 電池
- scenery 風景

ess [ɛs]
- press 按壓
- stress 壓力
- express 表達

end [ɛnd]
- extend 延伸
- contend 競爭
- pretend 假裝
- suspend 懸掛

E

end [ɛnd]
- end 結束
- send 寄送
- tend 照料

end [ɛnd]
- blend 混合
- intend 打算
- attend 參加

end [ɛnd]
- lend 借出
- friend 朋友
- depend 依靠

1. 用跟讀的方式體會字母 E 的發音。

Unit_23.mp3

end [ɛnd] 動 結束
send [sɛnd] 動 寄送
tend [tɛnd] 動 照料
blend [blɛnd] 動 混合
intend [ɪnˈtɛnd] 動 打算
attend [əˈtɛnd] 動 參加
lend [lɛnd] 動 借出
friend [frɛnd] 名 朋友

depend [dɪˈpɛnd] 動 依靠
extend [ɪkˈstɛnd] 動 延伸
contend [kənˈtɛnd] 動 競爭
pretend [prɪˈtɛnd] 動 假裝
suspend [səˈspɛnd] 動 懸掛

press [prɛs] 動 按壓
stress [strɛs] 名 壓力
express [ɪkˈsprɛs] 動 表達
bakery [ˈbekərɪ] 名 麵包店
battery [ˈbætərɪ] 名 電池
scenery [ˈsinərɪ] 名 風景

2.各群組適用的自然發音規則

❶

end
[ɛnd]

end 通常唸成 [ɛnd]。

Ex. **end** 結束　　**send** 寄送　　**tend** 照料　　**blend** 混合
　　intend 打算　　**attend** 參加　　**lend** 借出　　**friend** 朋友
　　depend 依靠　　**extend** 延伸　　**contend** 競爭
　　pretend 假裝　　**suspend** 懸掛

❷

ess
[ɛs]

ess 通常唸成 [ɛs]。

Ex. **press** 按壓　　**stress** 壓力　　**express** 表達

❸

ery
[ərɪ]

ery 通常唸成 [ərɪ]。

Ex. **bakery** 麵包店　　**battery** 電池　　**scenery** 風景

3.選出正確的中文

send	depend	lend	attend	press
↓	▼	↓	▼	↓
1.寄送	依靠	延伸	懸掛	表達
2.照料	打算	借出	參加	電池
3.混合	假裝	結束	競爭	按壓

4.請寫出正確的英文單字

電池	延伸	朋友	風景	依靠	照料
打算	按壓	假裝	參加	壓力	結束
競爭	寄送	麵包店	懸掛		
混合	表達	借出			

24 用字母 E 串出的自然發音單字(6)

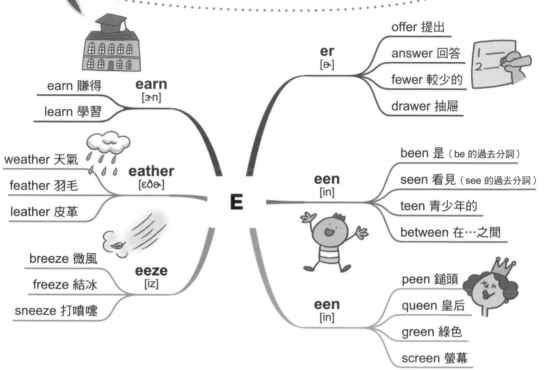

er
[ɚ]
- offer 提出
- answer 回答
- fewer 較少的
- drawer 抽屜

earn
[ɝn]
- earn 賺得
- learn 學習

eather
[ɛðɚ]
- weather 天氣
- feather 羽毛
- leather 皮革

eeze
[iz]
- breeze 微風
- freeze 結冰
- sneeze 打噴嚏

E

een
[in]
- been 是（be 的過去分詞）
- seen 看見（see 的過去分詞）
- teen 青少年的
- between 在…之間

een
[in]
- peen 鎚頭
- queen 皇后
- green 綠色
- screen 螢幕

Ⅰ. 用跟讀的方式體會字母 E 的發音。

Unit_24.mp3

offer [ˈɔfɚ] 動 提出
answer [ˈænsɚ] 動 回答
fewer [ˈfjuɚ] 形 較少的
drawer [drɔɚ] 名 抽屜
been [bin] 動 是
（be 的過去分詞）
seen [sin] 動 看見
（see 的過去分詞）

teen [ˈtin] 形 青少年的
between [bɪˈtwin] 介 在…之間
peen [pin] 名 鎚頭
queen [kwin] 名 皇后
green [grin] 名 綠色
screen [skrin] 名 螢幕
breeze [briz] 名 微風

freeze [friz] 動 結冰
sneeze [sniz] 動 打噴嚏
weather [ˈwɛðɚ] 名 天氣
feather [ˈfɛðɚ] 名 羽毛
leather [ˈlɛðɚ] 名 皮革
earn [ɝn] 動 賺得
learn [lɝn] 動 學習

2. 各群組適用的自然發音規則

❶ er [ə]
出現在字尾的 er 通常唸成 [ə]。
Ex. offer 提出　answer 回答　fewer 較少的　drawer 抽屜

❷ een [in]
出現在字尾的 een 通常唸成 [in]。
Ex. been 是（be 的過去分詞）　seen 看見（see 的過去分詞）
teen 青少年的　　between 在…之間　　peen 鎚頭
queen 皇后　　　green 綠色　　　　screen 螢幕

❸ eeze [iz]
eeze 通常唸成 [iz]。
Ex. breeze 微風　freeze 結冰　sneeze 打噴嚏

❹ eather [εðə]
eather 通常唸成 [εðə]；ther 通常唸成 [ðə]。
Ex. weather 天氣　feather 羽毛　leather 皮革

❺ earn [ɝn]
earn 通常唸成 [ɝn]。
Ex. earn 賺得　learn 學習

3. 選出正確的中文

earn ↓	peen ▼	freeze ↓	weather ▼	drawer ↓
1. 學習	鎚頭	結冰	羽毛	較少的
2. 微風	綠色	打噴嚏	天氣	抽屜
3. 賺得	螢幕	提出	皮革	回答

4. 請寫出正確的英文單字

在…之間	打噴嚏	賺得	回答	羽毛	是（be 的過去分詞）
天氣	抽屜	綠色	微風	學習	看見（see 的過去分詞）
鎚頭	提出	結冰	較少的	螢幕	青少年的
皮革	皇后				

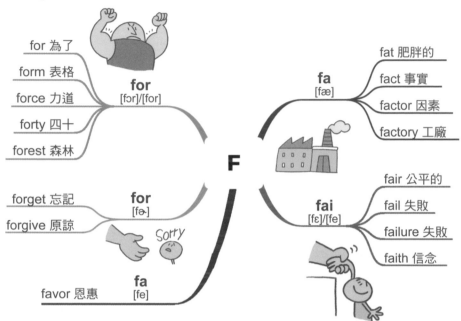

for 為了
form 表格
force 力道
forty 四十
forest 森林

for
[fɔr]/[for]

fa
[fæ]

fat 肥胖的
fact 事實
factor 因素
factory 工廠

F

forget 忘記
forgive 原諒

for
[fɚ]

Sorry

fai
[fɛ]/[fe]

fair 公平的
fail 失敗
failure 失敗
faith 信念

favor 恩惠

fa
[fe]

Unit_25.mp3

Ⅰ.用跟讀的方式體會字母 F 的發音。

fat [fæt] 形 肥胖的	**failure** [ˈfeljur] 名 失敗	**form** [fɔrm] 名 表格
fact [fækt] 名 事實	**faith** [feθ] 名 信念	**force** [fors] 名 力道
factor [ˈfæktɚ] 名 因素	**favor** [ˈfevɚ] 名 恩惠	**forty** [ˈfɔrtɪ] 數 四十
factory [ˈfæktrɪ] 名 工廠	**forget** [fəˈgɛt] 動 忘記	**forest** [ˈfɔrɪst] 名 森林
fair [fɛr] 形 公平的	**forgive** [fəˈgɪv] 動 原諒	
fail [fel] 動 失敗	**for** [fɔr] 介 為了	

2. 各群組適用的自然發音規則

❶

fa / fai
[fæ]/[fe]

fa 在「子音＋a＋子音」的組合中，通常唸成 [fæ]。

Ex. **fat** 肥胖的　　**fact** 事實　　**factor** 因素　　**factory** 工廠

* 在 fai 的組合中經常唸成 [fe]。而 fa 有時也唸成 [fe]。

Ex. **fail** 失敗　　**faith** 信念　　**favor** 恩惠

* 但是當 ai 後面遇到 r 形成 air 時，fai 唸成 [fɛ]。

Ex. **fair** 公平的

❷

for
[fɔr]

for 通常唸成 [fɔr]。

Ex. **for** 為了　　**form** 表格　　**forty** 四十　　**forest** 森林

* for 有時亦唸成 [for]。

Ex. **force** 力道

* for 在輕音節時通常唸成 [fɚ]。

Ex. **forget** 忘記　　**forgive** 原諒

3. 選出正確的中文

force	forget	fair	fact	for
↓	▼	↓	▼	↓
1.肥胖的	忘記	失敗	恩惠	四十
2.力道	森林	工廠	信念	為了
3.因素	原諒	公平的	事實	表格

4. 請寫出正確的英文單字

忘記	事實	四十	原諒	肥胖的	失敗
為了	信念	森林	工廠	力道	表格
因素	公平的	恩惠			

26 用字母 F 串出的自然發音單字(2)

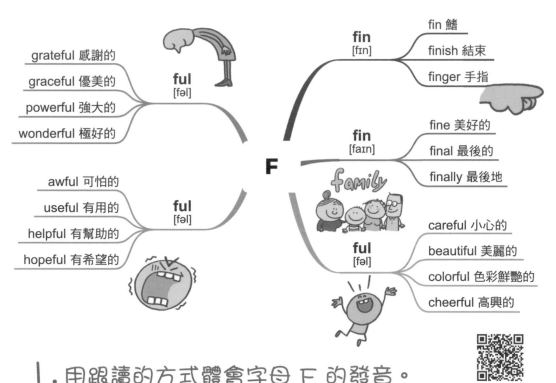

grateful 感謝的
graceful 優美的
powerful 強大的
wonderful 極好的

ful [fəl]

awful 可怕的
useful 有用的
helpful 有幫助的
hopeful 有希望的

ful [fəl]

F

fin [fɪn]
fin 鰭
finish 結束
finger 手指

fin [faɪn]
fine 美好的
final 最後的
finally 最後地

family

ful [fəl]
careful 小心的
beautiful 美麗的
colorful 色彩鮮艷的
cheerful 高興的

l. 用跟讀的方式體會字母 F 的發音。

Unit_26.mp3

fin [fɪn] 名 鰭

finish [ˈfɪnɪʃ] 動 結束

finger [ˈfɪŋɡɚ] 名 手指

fine [faɪn] 形 美好的

final [ˈfaɪnl] 形 最後的

finally [ˈfaɪnlɪ] 副 最後地

careful [ˈkɛrfəl] 形 小心的

beautiful [ˈbjutɪfəl] 形 美麗的

colorful [ˈkʌləfəl] 形 色彩鮮豔的

cheerful [ˈtʃɪrfəl] 形 興高采烈的

awful [ˈɔfəl] 形 可怕的

useful [ˈjusfəl] 形 有用的

helpful [ˈhɛlpfəl] 形 有幫助的

hopeful [ˈhopfəl] 形 有希望的

grateful [ˈgretfəl] 形 感謝的

graceful [ˈgresfəl] 形 優美的

powerful [ˈpaʊəfəl] 形 強大的

wonderful [ˈwʌndəfəl] 形 極好的

2. 各群組適用的自然發音規則

❶
fin
[fɪn]/[faɪn]

fin 通常唸成 [fɪn]。
Ex、 **fin** 鰭　　**finish** 結束　　**finger** 手指
* fin 有時亦唸成 [faɪn]。
Ex、 **fine** 美好的　　**final** 最後的　　**finally** 最後地

❷
ful
[fəl]

ful 通常唸成 [fəl]。
Ex、 **careful** 小心的　　**beautiful** 美麗的　　**colorful** 多姿多采的
cheerful 興高采烈的　　**awful** 可怕的　　**useful** 有用的
helpful 有幫助的　　**hopeful** 有希望的　　**grateful** 感謝的
graceful 優美的　　**powerful** 強大的　　**wonderful** 極好的

3. 選出正確的中文

beautiful	**careful**	**useful**	**finish**	**wonderful**
↓	▼	↓	▼	↓
1. 感謝的	強大的	可怕的	結束	極好的
2. 美麗的	小心的	最後的	美好的	色彩鮮豔的
3. 有希望的	優美的	有用的	手指	有幫助的

4. 請寫出正確的英文單字

極好的	有用的	最後的	可怕的	色彩鮮豔的	有幫助的
感謝的	手指	結束	有希望的	最後地	優美的
強大的	興高采烈的	美麗的	小心的	美好的	鰭

27 用字母 **G** 串出的自然發音單字

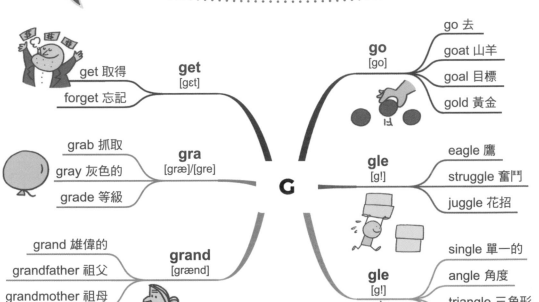

get [gɛt]
get 取得
forget 忘記

go [go]
go 去
goat 山羊
goal 目標
gold 黃金

gra [græ]/[gre]
grab 抓取
gray 灰色的
grade 等級

gle [g!]
eagle 鷹
struggle 奮鬥
juggle 花招

grand [grænd]
grand 雄偉的
grandfather 祖父
grandmother 祖母

gle [g!]
single 單一的
angle 角度
triangle 三角形
jungle 叢林

G

|．用跟讀的方式體會字母 G 的發音。

Unit_27.mp3

---

go [go] 動 去
goat [got] 名 山羊
goal [gol] 名 標的
gold [gold] 名 黃金
eagle [ˈig!] 名 鷹
struggle [ˈstrʌg!] 動 奮鬥
juggle [ˈdʒʌg!] 名 花招
single [ˈsɪŋg!] 形 單一的

angle [ˈæŋg!] 名 角度
triangle [ˈtraɪæŋg!]
名 三角形
jungle [ˈdʒʌŋg!] 名 叢林
grand [grænd]
形 雄偉的
grandfather
[ˈgrænfɑðɚ] 名 祖父

grandmother
[ˈgrænmʌðɚ] 名 祖母
grab [græb] 動 抓取
gray [gre] 形 灰色的
grade [gred] 名 等級
get [gɛt] 動 取得
forget [fɚˈgɛt] 動 忘記

2. 各群組適用的自然發音規則

❶

go
[go]

go 通常唸成 [go]。Ex. **go** 去　　**goal** 目標　　**gold** 黃金
* go 有時唸成 [gɑ]。
　Ex. **golf** 高爾夫球（運動）　　**got** 拿（get 過去式）

❷

gle
[g!]

gle 通常唸成 [g!]。
Ex. **eagle** 鷹　　**struggle** 奮鬥　　**juggle** 花招　　**single** 單一的
　　angle 角度　　**triangle** 三角形　　**jungle** 叢林

❸

grand
[grænd]

grand 通常唸成 [grænd]。
Ex. **grand** 雄偉的　　**grandfather** 祖父　　**grandmother** 祖母

❹

gra
[græ]

gra 通常唸成 [græ]。
Ex. **grab** 抓取　　**grant** 授予　　**grammar** 文法
　　gratitude 感激之意
* 母音字母 ay 會發 [e] 的音，因此 gray（灰色的）要念成 [gre]。
* a 在「a+子音+e」的組合中發 [e] 的音，所以 grade（等級）念
　成 [gred]、grave（墳墓）念成 [grev]。

❺

get
[gɛt]

get 通常唸成 [gɛt]。Ex. **get** 取得　　**forget** 忘記
* get 有時亦唸成 [gɪt]。Ex. **target** 標的

3. 選出正確的中文

target ↓	struggle ▼	go ↓	single ▼	get ↓
1. 標的	叢林	目標	祖母	等級
2. 三角形	花招	去	角度	抓取
3. 鷹	奮鬥	黃金	單一的	取得

4. 請寫出正確的英文單字

祖父	祖母	奮鬥	等級	三角形	灰色的
目標	單一的	標的	去	花招	抓取
黃金	高爾夫球	鷹	叢林		
角度	取得	雄偉的			

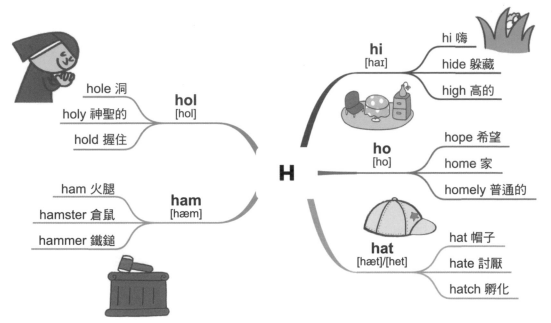

hi [haɪ]
- hi 嗨
- hide 躲藏
- high 高的

ho [ho]
- hope 希望
- home 家
- homely 普通的

hat [hæt]/[het]
- hat 帽子
- hate 討厭
- hatch 孵化

hol [hol]
- hole 洞
- holy 神聖的
- hold 握住

ham [hæm]
- ham 火腿
- hamster 倉鼠
- hammer 鐵鎚

H

1. 用跟讀的方式體會字母 H 的發音。

Unit_28.mp3

hi [haɪ] 感歎 嗨
hide [haɪd] 動 躲藏
high [haɪ] 形 高的
hope [hop] 動 希望
home [hom] 名 家
homely ['homlɪ]
形 普通的
hat [hæt] 名 帽子

hate [het] 動 討厭
hatch [hætʃ] 動 孵化
ham [hæm] 名 火腿
hamster ['hæmstɚ]
名 倉鼠
hammer ['hæmɚ]
名 鐵鎚
hole [hol] 名 洞

holy ['holɪ] 形 神聖的
hold [hold] 動 握住

2. 各群組適用的自然發音規則

❶

hi
[haɪ]

hi 通常唸成 [haɪ]。
Ex、hi 嗨　　hide 躲藏　　high 高的　　hike 健行
* 有時也唸成 [hɪ]。
　Ex、hip 臀部　　hit 打擊　　his 他的

❷

ho
[ho]

ho 後面接子音時，通常唸成 [ho]。
Ex、hope 希望　　home 家　　homely 普通的　　hole 洞
　　hold 握住　　holy 神聖的　　holistic 整體的
* ho 有時唸成 [hɑ]。Ex、holiday 假日　　hot 熱的

❸

ha
[hæ]

ha 後面接子音時，通常唸成 [hæ]。
Ex、hat 帽子　　hatch 孵化　　ham 火腿　　hamster 倉鼠
　　hammer 鐵鎚
* ha 當中的 a 若遇到「a+子音+e」的組合時，a 就會發 [e] 的
　音。Ex、hate 討厭

3. 選出正確的中文

hide ↓	home ▽	hate ↓	holy ▽	high ↓
1. 火腿	倉鼠	討厭	神聖的	高的
2. 躲藏	家	帽子	洞	健行
3. 普通的	希望	孵化	握住	嗨

4. 請寫出正確的英文單字

討厭	握住	普通的	帽子	神聖的	洞
火腿	高的	鐵鎚	家	希望	孵化
嗨	躲藏	倉鼠			

29 用字母 H 串出的
自然發音單字(2)

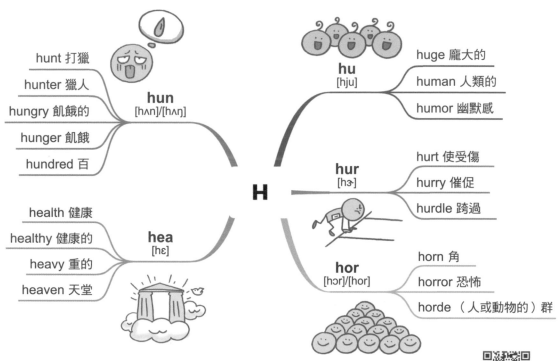

hunt 打獵
hunter 獵人
hungry 飢餓的
hunger 飢餓
hundred 百

hun
[hʌn]/[hʌn]

huge 龐大的
human 人類的
humor 幽默感

hu
[hju]

hurt 使受傷
hurry 催促
hurdle 跨過

hur
[hɝ]

health 健康
healthy 健康的
heavy 重的
heaven 天堂

hea
[hɛ]

H

horn 角
horror 恐怖
horde （人或動物的）群

hor
[hɔr]/[hor]

l．用跟讀的方式體會字母 H 的發音。

Unit_29.mp3

huge [hjudʒ] 形 龐大的

human ['hjumən]
形 人類的

humor ['hjumɚ]
名 幽默感

hurt [hɝt] 動 使受傷

hurry ['hɝɪ] 動 催促

hurdle ['hɝdl̩] 動 跨過

horn [hɔrn] 名 角

horror ['hɑrɚ] 名 恐怖

horde [hord] 名 群

health [hɛlθ] 名 健康

healthy ['hɛlθɪ]
形 健康的

heavy ['hɛvɪ] 形 重的

heaven ['hɛvn̩] 名 天堂

hunt [hʌnt] 動 打獵

hunter ['hʌntɚ] 名 獵人

hungry ['hʌŋgrɪ]
形 饑餓的

hunger ['hʌŋgɚ]
名 饑餓

hundred ['hʌndrəd]
名 百

2. 各群組適用的自然發音規則

❶ hu [hju]
hu 通常唸成 [hju]。
Ex. **huge** 龐大的　　**human** 人類的　　**humor** 幽默感

❷ hur [hɝ]
hur 通常唸成 [hɝ]。
Ex. **hurt** 使受傷　　**hurry** 催促　　**hurdle** 跨過

❸ hor [hɔr]
hor 通常唸成 [hɔr]。
Ex. **horn** 角　　**horror** 恐怖
*hor 有時亦唸成 [hor]。Ex. **horde**（人或動物的）群

❹ hea [hɛ]
hea 通常唸成 [hɛ]。
Ex. **health** 健康　　**healthy** 健康的　　**heavy** 重的
heaven 天堂
*hea 有時亦唸成 [hɪ] 或 [hi]。Ex. **hear** 聽　　**heal** 治療

❺ hun [hʌn]
hun 通常唸成 [hʌn]。
Ex. **hunt** 打獵　　**hunter** 獵人　　**hundred** 一百
*hun 後面如果接字母 g，那麼 ng 通常會發 [ŋ] 的音。
Ex. **hung** 掛（hang 的 P.P.）　　**hungry** 饑餓的　　**hunger** 挨餓

3. 選出正確的中文

hurt	health	hundred	hurry	human
↓	▼	↓	▼	↓
1. 幽默感	重的	天堂	催促	人類的
2. 跨過	健康	百	打獵	幽默感
3. 使受傷	群	獵人	饑餓的	龐大的

4. 請寫出正確的英文單字

群	百	重的	人類的	使受傷	打獵
健康的	催促	饑餓	獵人	健康	幽默感
跨過	饑餓的	角	恐怖	龐大的	天堂

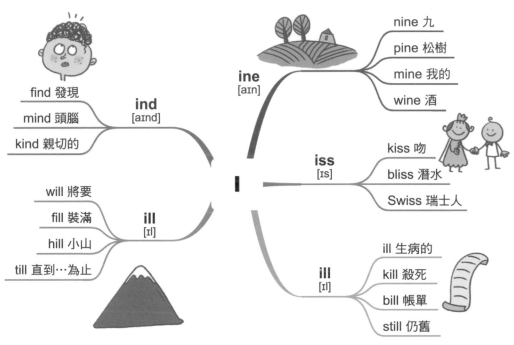

ine
[aɪn]

nine 九
pine 松樹
mine 我的
wine 酒

ind
[aɪnd]

find 發現
mind 頭腦
kind 親切的

I

iss
[ɪs]

kiss 吻
bliss 潛水
Swiss 瑞士人

ill
[ɪl]

will 將要
fill 裝滿
hill 小山
till 直到…為止

ill
[ɪl]

ill 生病的
kill 殺死
bill 帳單
still 仍舊

Ⅰ. 用跟讀的方式體會字母 I 的發音。

Unit_30.mp3

nine [naɪn] 名 九	**ill** [ɪl] 形 生病的	**till** [tɪl] 連 直到…為止
pine [paɪn] 名 松樹	**kill** [kɪl] 動 殺死	**find** [faɪnd] 動 發現
mine [maɪn] 代 我的	**bill** [bɪl] 名 帳單	**mind** [maɪnd]
wine [waɪn] 名 酒	**still** [stɪl] 副 仍舊	名 頭腦
kiss [kɪs] 動 吻	**will** [wɪl] 助 將要	**kind** [kaɪnd]
bliss [blɪs] 名 幸福	**fill** [fɪl] 動 裝滿	形 親切的
Swiss [swɪs] 名 瑞士人	**hill** [hɪl] 名 小山	

2. 各群組適用的自然發音規則

❶ ine [aɪn]

ine 通常唸成 [aɪn]。
Ex. nine 九　　pine 松樹　　mine 我的　　wine 酒

❷ iss [ɪs]

iss 通常唸成 [ɪs]。
Ex. kiss 吻　　bliss 福氣　　Swiss 瑞士人

❸ ill [ɪl]

ill 通常唸成 [ɪl]。
Ex. ill 生病的　　kill 殺死　　bill 帳單　　still 仍舊
　　will 將要　　fill 裝滿　　hill 小山　　till 直到…為止

❹ ind [aɪnd]

ind 通常唸成 [aɪnd]。
Ex. find 發現　　mind 注意　　kind 親切的

3. 選出正確的中文

mind	still	wine	kind	fill
↓	▼	↓	▼	↓
1. 頭腦	將要	我的	親切的	生病的
2. 松樹	仍舊	幸福	殺死	裝滿
3. 發現	直到…為止	酒	小山	帳單

4. 請寫出正確的英文單字

發現	吻	將要	九	生病的	裝滿
--------	--------	--------	--------	--------	--------
殺死	我的	小山	幸福	帳單	頭腦
--------	--------	--------	--------	--------	--------
酒	仍舊	松樹	瑞士人	直到…為止	親切的
--------	--------	--------	--------	--------	--------

用字母 I 串出的自然發音單字(2)

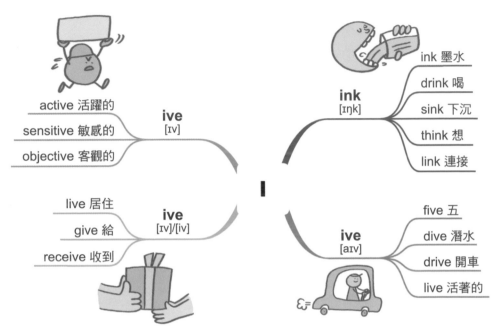

active 活躍的
sensitive 敏感的
objective 客觀的

ive
[ɪv]

live 居住
give 給
receive 收到

ive
[ɪv]/[iv]

ink
[ɪŋk]

ink 墨水
drink 喝
sink 下沉
think 想
link 連接

I

ive
[aɪv]

five 五
dive 潛水
drive 開車
live 活著的

1. 用跟讀的方式體會字母 I 的發音。

Unit_31.mp3

ink [ɪŋk] 名 墨水
drink [drɪŋk] 動 喝
sink [sɪŋk] 動 下沉
think [θɪŋk] 動 想
link [lɪŋk] 動 連接
five [faɪv] 數 五
dive [daɪv] 動 潛水

drive [draɪv] 動 開車
alive [əˈlaɪv] 形 活著的
live [lɪv] 動 居住
give [gɪv] 動 給
receive [rɪˈsiv] 動 收到
active [ˈæktɪv]
形 活躍的

sensitive [ˈsɛnsətɪv]
形 敏感的
objective [əbˈdʒɛktɪv]
形 客觀的

2. 各群組適用的自然發音規則

❶ **ink**
[ɪŋk]

ink 通常唸成 [ɪŋk]。
Ex. ink 墨水　　drink 喝　　sink 下沉　　think 想　　link 連接

❷ **ive**
[aɪv]

ive 通常唸成 [aɪv]。
Ex. five 五　　dive 潛水　　drive 開車　　alive 活著的
* ive 有時亦唸成 [ɪv]。
　Ex. live 居住　　give 給與　　active 活耀的
　　　sensitive 敏感的　　objective 客觀的
* ceive 中的 eive 唸成 [iv]。
　Ex. receive 收到　　perceive 察覺　　deceive 欺騙

3. 選出正確的中文

alive ↓	sink ▼	dive ↓	link ▼	active ↓
1. 活著的	下沉	喝	墨水	敏感的
2. 開車	居住	潛水	想	客觀的
3. 五	給	收到	連接	活躍的

4. 請寫出正確的英文單字

收到	下沉	潛水	活躍的	連接	活著的
--------	--------	--------	--------	--------	--------
想	客觀的	墨水	居住	五	敏感的
--------	--------	--------	--------	--------	--------
開車	喝	給			

32 用字母 Ｉ 串出的 自然發音單字(3)

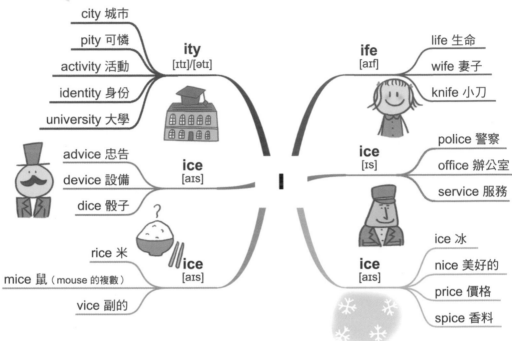

city 城市
pity 可憐
activity 活動
identity 身份
university 大學

ity
[ɪtɪ]/[ətɪ]

ife
[aɪf]

life 生命
wife 妻子
knife 小刀

advice 忠告
device 設備
dice 骰子

ice
[aɪs]

Ｉ

ice
[ɪs]

police 警察
office 辦公室
service 服務

rice 米
mice 鼠（mouse 的複數）
vice 副的

ice
[aɪs]

ice
[aɪs]

ice 冰
nice 美好的
price 價格
spice 香料

Ｉ. 用跟讀的方式體會字母 Ｉ 的發音。

Unit_32.mp3

life [laɪf] 名 生命
wife [waɪf] 名 妻子
knife [naɪf] 名 小刀
police [pəˈlis] 名 警察
office [ˈɔfɪs] 名 辦公室
service [ˈsɝvɪs] 名 服務
ice [aɪs] 名 冰
nice [naɪs] 形 美好的
price [praɪs] 名 價格

spice [spaɪs] 名 香料
rice [raɪs] 名 米
mice [maɪs] 名 鼠（mouse 的複數）
vice [vaɪs] 形 副的
advice [ədˈvaɪs] 名 忠告
device [dɪˈvaɪs] 名 設備
dice [daɪs] 名 骰子
city [ˈsɪtɪ] 名 城市

pity [ˈpɪtɪ] 名 可憐
activity [ækˈtɪvətɪ] 名 活動
identity [aɪˈdɛntətɪ] 名 身份
university [ˌjunɪˈvɝsətɪ] 名 大學

2. 各群組適用的自然發音規則

❶ ife [aɪf]

ife 通常唸成 [aɪf]。

Ex. life 生命　wife 妻子　knife 小刀

❷ ice [aɪs]

ice 通常唸成 [aɪs]。

Ex. nice 美好的　price 價格　spice 香料　rice 米
mice 鼠（mouse 的名詞複數）　vice 副的　advice 忠告
device 設備

* ice 有時亦唸成 [ɪs] 或 [ɪs]。

Ex. police 警察　office 辦公室　service 服務

* ice 的 i 在 juice（[dʒus]，果汁）這個字中不發音。

❸ ity [ətɪ]

ity 在字尾通常唸成 [ətɪ]。

Ex. activity 活動　identity 身分　university 大學

* ity 在單音節（或重音節）通常唸成 [ɪtɪ]。

Ex. city 城市　pity 可憐

3. 選出正確的中文

office ↓	price ▼	advice ↓	activity ▼	university ↓
1. 服務	警察	美好的	活動	身份
2. 副的	價格	香料	生命	大學
3. 辦公室	小刀	忠告	設備	果汁

4. 請寫出正確的英文單字

美好的	米	辦公室	副的	生命	小刀
警察	冰	妻子	果汁	鼠	大學
服務	活動	價格	城市		
香料	忠告	設備	身份		

33 用字母 I 串出的自然發音單字(4)

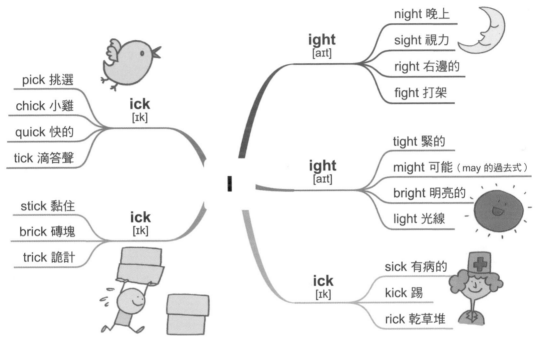

ight
[aɪt]
- night 晚上
- sight 視力
- right 右邊的
- fight 打架

ight
[aɪt]
- tight 緊的
- might 可能（may 的過去式）
- bright 明亮的
- light 光線

ick
[ɪk]
- pick 挑選
- chick 小雞
- quick 快的
- tick 滴答聲

ick
[ɪk]
- stick 黏住
- brick 磚塊
- trick 詭計

ick
[ɪk]
- sick 有病的
- kick 踢
- rick 乾草堆

I

1. 用跟讀的方式體會字母 I 的發音。

Unit_33.mp3

night [naɪt] 名 晚上	**bright** [braɪt] 形 明亮的	**trick** [trɪk] 名 詭計
sight [saɪt] 名 視力	**light** [laɪt] 名 光線	**pick** [pɪk] 動 挑選
right [raɪt] 形 右邊的	**sick** [sɪk] 形 有病的	**chick** [tʃɪk] 名 小雞
fight [faɪt] 名 打架	**kick** [kɪk] 動 踢	**quick** [kwɪk] 形 快的
tight [taɪt] 形 緊的	**rick** [rɪk] 名 乾草堆	**tick** [tɪk] 名 滴答聲
might [maɪt] 助 可能（may 的過去式）	**stick** [stɪk] 動 黏住	
	brick [brɪk] 名 磚塊	

2. 各群組適用的自然發音規則

❶

ight
[aɪt]

ight 通常唸成 [aɪt]。

Ex. night 晚上　　sight 景色　　right 右邊的　　fight 打架
tight 緊的　　might 可能（may 的過去式）
bright 明亮的　　light 光線

❷

ick
[ɪk]

ick 通常唸成 [ɪk]。

Ex. sick 有病的　　kick 踢　　rick 乾草堆　　stick 黏住
brick 磚塊　　trick 詭計　　pick 挑選　　chick 小雞
quick 快的　　tick 滴答聲

3. 選出正確的中文

quick	sight	pick	fight	bright
↓	▼	↓	▼	↓
1. 有病的	視力	緊的	可能	明亮的
2. 快的	黏住	小雞	打架	踢
3. 乾草堆	滴答聲	挑選	詭計	磚塊

4. 請寫出正確的英文單字

晚上	有病的	快的	可能	緊的	小雞
挑選	乾草堆	黏住	視力	滴答聲	右邊的
打架	磚塊	詭計	明亮的	踢	光線

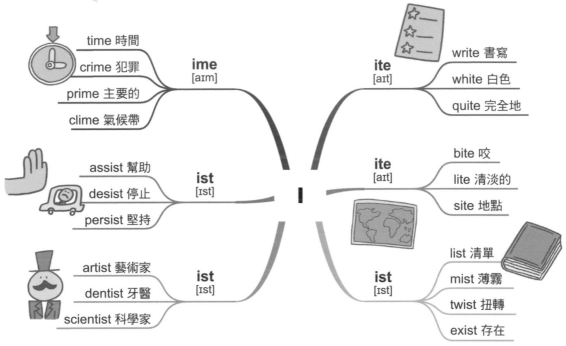

time 時間	
crime 犯罪	**ime** [aɪm]
prime 主要的	
clime 氣候帶	

	write 書寫
ite [aɪt]	white 白色
	quite 完全地

assist 幫助	
desist 停止	**ist** [ɪst]
persist 堅持	

	bite 咬
ite [aɪt]	lite 清淡的
	site 地點

artist 藝術家	
dentist 牙醫	**ist** [ɪst]
scientist 科學家	

	list 清單
ist [ɪst]	mist 薄霧
	twist 扭轉
	exist 存在

I. 用跟讀的方式體會字母 I 的發音。

Unit_34.mp3

write [raɪt] 動 書寫
white [waɪt] 名 白色
quite [kwaɪt] 副 完全地
bite [baɪt] 動 咬
lite [laɪt] 形 清淡的
site [saɪt] 名 地點
list [lɪst] 名 清單
mist [mɪst] 名 薄霧

twist [twɪst] 動 扭轉
exist [ɪgˈzɪst] 動 存在
artist [ˈɑrtɪst] 名 藝術家
dentist [ˈdɛntɪst] 名 牙醫
scientist [ˈsaɪəntɪst] 名 科學家
assist [əˈsɪst] 動 幫助

desist [dɪˈsɪst] 動 停止
persist [pəˈsɪst] 動 堅持
time [taɪm] 名 時間
crime [kraɪm] 名 犯罪
prime [praɪm] 形 主要的
clime [klaɪm] 名 氣候帶

2.各群組適用的自然發音規則

❶ **ite** [aɪt]

ite 通常唸成 [aɪt]。

Ex. write 書寫　　white 白色　　quite 完全地　　bite 咬
　　lite（食物）清淡的　　site 地點

❷ **ist** [ɪst]

ist 通常唸成 [ɪst]。

Ex. list 清單　　mist 薄霧　　twist 扭轉　　exist 存在
　　artist 藝術家　dentist 牙醫　scientist 科學家　assist 幫助
　　desist 停止　persist 堅持

❸ **ime** [aɪm]

ime 通常唸成 [aɪm]。

Ex. time 時間　　crime 犯罪　　prime 最初的　　clime 氣候帶

3.選出正確的中文

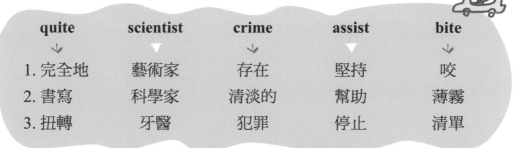

quite ↓	scientist ▼	crime ↓	assist ▼	bite ↓
1.完全地	藝術家	存在	堅持	咬
2.書寫	科學家	清淡的	幫助	薄霧
3.扭轉	牙醫	犯罪	停止	清單

4.請寫出正確的英文單字

地點	氣候帶	書寫	主要的	完全地	科學家
扭轉	白色	牙醫	目錄	藝術家	薄霧
時間	咬	存在	清淡的		
幫助	堅持	停止	犯罪		

35 用字母 I 串出的
自然發音單字(6)

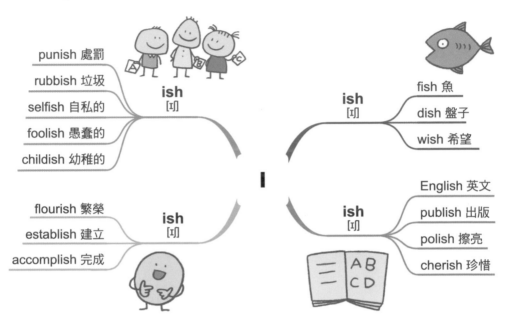

punish 處罰
rubbish 垃圾
selfish 自私的
foolish 愚蠢的
childish 幼稚的

ish [ɪʃ]

ish [ɪʃ]

fish 魚
dish 盤子
wish 希望

I

flourish 繁榮
establish 建立
accomplish 完成

ish [ɪʃ]

ish [ɪʃ]

English 英文
publish 出版
polish 擦亮
cherish 珍惜

I.用跟讀的方式體會字母 I 的發音。

Unit_35.mp3

fish [fɪʃ] 名 魚
dish [dɪʃ] 名 盤
wish [wɪʃ] 動 希望
English [ˈɪŋglɪʃ] 名 英文
publish [ˈpʌblɪʃ] 動 出版
polish [ˈpɑlɪʃ] 動 擦亮
cherish [ˈtʃɛrɪʃ] 動 珍惜

flourish [ˈflɝɪʃ] 動 繁榮
establish [əˈstæblɪʃ]
動 建立
accomplish [əˈkʌmplɪʃ]
動 完成
punish [ˈpʌnɪʃ] 動 處罰
rubbish [ˈrʌbɪʃ] 名 垃圾

selfish [ˈsɛlfɪʃ] 形 自私的
foolish [ˈfulɪʃ] 形 愚蠢的
childish [ˈtʃaɪldɪʃ]
形 幼稚的

己. 各群組適用的自然發音規則

❶

ish
[ɪʃ]

ish 通常唸成 [ɪʃ]。

Ex. fish 魚　　　　　　dish 盤子　　　　　wish 希望
English 英文　　　publish 出版　　　polish 擦亮
cherish 珍惜　　　flourish 繁榮　　　establish 建立
accomplish 完成　punish 處罰　　　　rubbish 垃圾
selfish 自私的　　foolish 愚蠢的　　childish 幼稚的

3. 選出正確的中文

selfish	**punish**	**wish**	**foolish**	**dish**
↓	▽	↓	▽	↓
1. 珍惜	處罰	建立	幼稚的	完成
2. 自私的	擦亮	英文	愚蠢的	盤子
3. 垃圾	出版	希望	繁榮	魚

4. 請寫出正確的英文單字

英文	自私的	幼稚的	盤子	建立	擦亮
------	------	------	------	------	------
魚	垃圾	出版	珍惜	希望	愚蠢的
------	------	------	------	------	------
處罰	繁榮	完成			

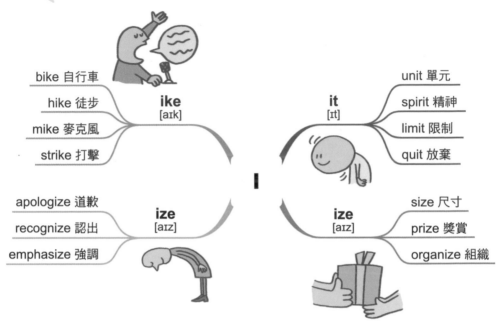

bike 自行車
hike 徒步
mike 麥克風
strike 打擊

ike
[aɪk]

it
[ɪt]

unit 單元
spirit 精神
limit 限制
quit 放棄

I

apologize 道歉
recognize 認出
emphasize 強調

ize
[aɪz]

ize
[aɪz]

size 尺寸
prize 獎賞
organize 組織

Unit_36.mp3

Ⅰ.用跟讀的方式體會字母 I 的發音。

unit [ˈjunɪt] 名 單元
spirit [ˈspɪrɪt] 名 精神
limit [ˈlɪmɪt] 名 限制
quit [kwɪt] 動 放棄
size [saɪz] 名 尺寸
prize [praɪz] 名 獎賞
organize [ˈɔrgənaɪz]
動 組織

apologize [əˈpɑlədʒaɪz]
動 道歉
recognize [ˈrɛkəgnaɪz]
動 認出
emphasize [ˈɛmfəsaɪz]
動 強調
bike [baɪk] 名 自行車
hike [haɪk] 動 徒步

mike [maɪk] 名 麥克風
strike [straɪk] 名 打擊

2. 各群組適用的自然發音規則

❶ it [ɪt]

it 通常唸成 [ɪt]。
Ex. unit 單位　　spirit 精神　　limit 限制　　quit 放棄

❷ ize [aɪz]

ize 通常唸成 [aɪz]。
Ex. size 尺寸　　　　prize 獎賞　　　　organize 組織
apologize 道歉　　recognize 認出　　emphasize 強調

❸ ike [aɪk]

ike 通常唸成 [aɪk]。
Ex. bike 自行車　　hike 徒步　　mike 麥克風　　strike 打擊

3. 選出正確的中文

strike	prize	organize	hike	limit
↓	▼	↓	▼	↓
1. 強調	獎賞	組織	認出	麥克風
2. 打擊	單元	道歉	自行車	單位
3. 放棄	尺寸	精神	徒步	限制

4. 請寫出正確的英文單字

組織	精神	打擊	尺寸	強調	限制
自行車	獎賞	道歉	單元	麥克風	認出
徒步	放棄				

37 用字母 I 串出的 自然發音單字(8)

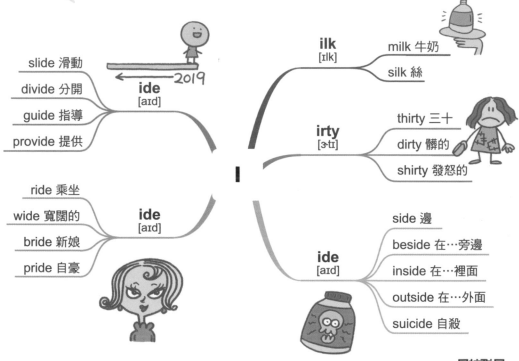

ide [aɪd]
- slide 滑動
- divide 分開
- guide 指導
- provide 提供

2019

ilk [ɪlk]
- milk 牛奶
- silk 絲

irty [ɝtɪ]
- thirty 三十
- dirty 髒的
- shirty 發怒的

I

ide [aɪd]
- ride 乘坐
- wide 寬闊的
- bride 新娘
- pride 自豪

ide [aɪd]
- side 邊
- beside 在…旁邊
- inside 在…裡面
- outside 在…外面
- suicide 自殺

1. 用跟讀的方式體會字母 I 的發音。

Unit_37.mp3

milk [mɪlk] 名 牛奶
silk [sɪlk] 名 絲
thirty [ˈθɝtɪ] 數 三十
dirty [ˈdɝtɪ] 形 髒的
shirty [ˈʃɝtɪ] 形 發怒的
side [saɪd] 名 邊
beside [brˈsaɪd]
介 在…旁邊

inside [ˈɪnˈsaɪd]
介 在…裡面
outside [ˈaʊtˈsaɪd]
介 在…外面
suicide [ˈsuɪˌsaɪd]
名 自殺
ride [raɪd] 動 乘坐
wide [waɪd] 形 寬闊的

bride [braɪd] 名 新娘
pride [praɪd] 名 自豪
slide [slaɪd] 動 滑動
divide [dɪˈvaɪd] 動 分開
guide [gaɪd] 名 指導
provide [prəˈvaɪd]
動 提供

2. 各群組適用的自然發音規則

❶ ilk
[ɪlk]

ilk 通常唸成 [ɪlk]。
Ex. milk 牛奶　　silk 絲

❷ irty
[ɝtɪ]

irty 通常唸成 [ɝtɪ]。
Ex. thirty 三十　　dirty 髒的　　shirty 發怒的

❸ ide
[aɪd]

ide 通常唸成 [aɪd]。

Ex.	side 邊	beside 在…旁邊	inside 在…裡面
	outside 在…外面	suicide 自殺	ride 乘坐
	wide 寬闊的	bride 新娘	pride 自豪
	slide 滑動	divide 分開	guide 指導
	provide 提供		

3. 選出正確的中文

dirty ↓	divide ▼	guide ↓	ride ▼	pride ↓
1. 滑動	分開	牛奶	提供	在…外面
2. 髒的	寬闊的	自殺	乘坐	新娘
3. 在…旁邊	絲	指導	邊	自豪

4. 請寫出正確的英文單字

乘坐	在…裡面	牛奶	在…外面	自豪	邊
滑動	絲	新娘	提供	三十	髒的
自殺	發怒的	在…旁邊	指導	分開	寬闊的

38 用字母 K 串出的自然發音單字

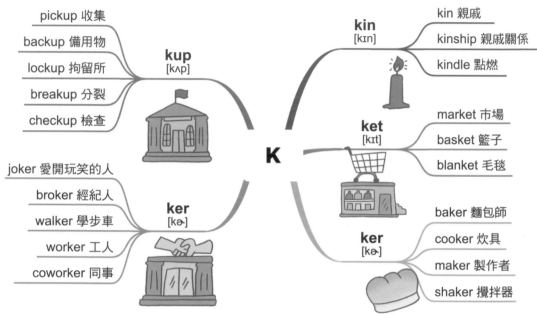

- pickup 收集
- backup 備用物
- lockup 拘留所
- breakup 分裂
- checkup 檢查

kup [kʌp]

- kin 親戚
- kinship 親戚關係
- kindle 點燃

kin [kɪn]

- market 市場
- basket 籃子
- blanket 毛毯

ket [kɪt]

- joker 愛開玩笑的人
- broker 經紀人
- walker 學步車
- worker 工人
- coworker 同事

ker [kə]

K

- baker 麵包師
- cooker 炊具
- maker 製作者
- shaker 攪拌器

ker [kə]

Ⅰ. 用跟讀的方式體會字母 K 的發音。

Unit_38.mp3

kin [kɪn] 名 親戚

kinship [ˈkɪnʃɪp] 名 親戚關係

kindle [ˈkɪndl̩] 動 點燃

market [ˈmɑrkɪt] 名 市場

basket [ˈbæskɪt] 名 籃子

blanket [ˈblæŋkɪt] 名 毛毯

baker [ˈbekə] 名 麵包師

cooker [ˈkʊkə] 名 炊具

maker [ˈmekə] 名 製作者

shaker [ˈʃekə] 名 攪拌器

joker [ˈdʒokə] 名 愛開玩笑的人

broker [ˈbrokə] 名 經紀人

walker [ˈwɔkə] 名 學步車

worker [ˈwɝkə] 名 工人

coworker [ˈkowɝkə] 名 同事

pickup [ˈpɪkʌp] 名 收集

backup [ˈbækʌp] 名 備用物

lockup [ˈlɑkʌp] 名 拘留所

breakup [ˈbrekʌp] 名 分裂

checkup [ˈtʃɛkʌp] 名 檢查

2. 各群組適用的自然發音規則

❶

kin
[kɪn]

kin 通常唸成 [kɪn]。

Ex. **kin** 親戚   **kindle** 點燃   **kinship** 親戚關係

* kin 有時會念成 [kaɪn]。Ex. **kind** 仁慈的
* kin 後面接 g 時，而 ng 通常發 [ŋ] 的音。

Ex. **king** 國王   **kingdom** 王國

---

❷

ket
[kɪt]

ket 通常唸成 [kɪt]]。

Ex. **market** 市場   **basket** 籃子   **blanket** 毛毯

---

❸

ker
[kɚ]

ker 通常唸成 [kɚ]。

Ex. **baker** 麵包師   **cooker** 炊具   **maker** 製作者
shaker 調酒器   **joker** 鬼牌   **broker** 經紀人
walker 學步車   **worker** 工人   **coworker** 同事

---

❹

kup
[kʌp]

kup 通常唸成 [kʌp]。

Ex. **pickup** 收集   **backup** 備用物   **lockup** 拘留所
breakup 中斷   **checkup** 檢查

3. 選出正確的英文

籃子	市場	麵包師	國王	檢查
↓	▽	↓	▽	↓
1. blanket	coworker	cooker	kingdom	checkup
2. pickup	market	baker	kindle	maker
3. basket	worker	broker	king	lockup

4. 請寫出正確的英文單字

國王	市場	麵包師	工人	攪拌器	毛毯
愛開玩笑的人	炊具	製作者	籃子	備用物	學步車
王國	同事	經紀人	檢查	分裂	收集
點燃	拘留所				

39 用字母 L 串出的自然發音單字(1)

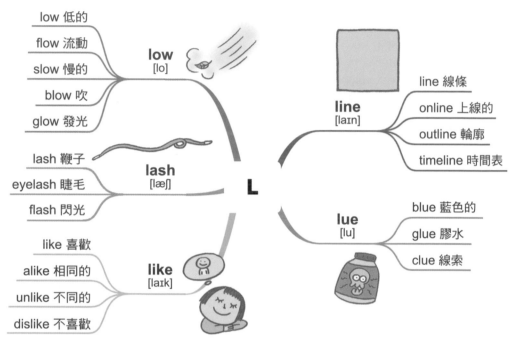

low 低的
flow 流動
slow 慢的
blow 吹
glow 發光

low [lo]

lash 鞭子
eyelash 睫毛
flash 閃光

lash [læʃ]

like 喜歡
alike 相同的
unlike 不同的
dislike 不喜歡

like [laɪk]

L

line [laɪn]

line 線條
online 上線的
outline 輪廓
timeline 時間表

lue [lu]

blue 藍色的
glue 膠水
clue 線索

1. 用跟讀的方式體會字母 L 的發音。

Unit_39.mp3

line [laɪn] 名 線條	glue [glu] 名 膠水	lash [læʃ] 名 鞭子
online [ˈɑnˌlaɪn] 形 線上的	clue [klu] 名 線索	eyelash [ˈaɪlæʃ] 名 睫毛
outline [ˈaʊtlaɪn] 名 輪廓	like [laɪk] 動 喜歡	flash [flæʃ] 名 閃光
timeline [ˈtaɪmlaɪn] 名 時間表	alike [əˈlaɪk] 形 相同的	low [lo] 形 低的
	unlike [ˌʌnˈlaɪk] 形 不同的	flow [flo] 動 流動
blue [blu] 形 藍色的	dislike [dɪsˈlaɪk] 動 不喜歡	slow [slo] 形 慢的
		blow [blo] 動 吹
		glow [glo] 動 發光

2. 各群組適用的自然發音規則

❶ line [laɪn]

line 通常唸成 [laɪn]。
Ex. line 線條　online 線上的　outline 輪廓　timeline 時間表

❷ lue [lu]

lue 通常唸成 [lu]。
Ex. blue 藍色的　glue 膠水　clue 線索

❸ like [laɪk]

like 通常唸成 [laɪk]。
Ex. like 喜歡　alike 相同的　unlike 不同的　dislike 不喜歡

❹ lash [læʃ]

lash 通常唸成 [læʃ]。
Ex. lash 鞭子　clash 碰撞　eyelash 睫毛　flash 閃光

❺ low [lo]

low 通常唸成 [lo]。
Ex. flow 流動　slow 慢的　blow 吹　glow 發光

3. 選出正確的中文

slow	outline	blue	glow	alike
↓	▼	↓	▼	↓
1. 睫毛	輪廓	線條	發光	喜歡
2. 慢的	流動	獅子	膠水	相同的
3. 低的	時間表	藍色的	不同的	吹

4. 請寫出正確的英文單字

低的	慢的	喜歡	藍色的	時間表	吹
線索	線條	膠水	不喜歡	線上的	流動
鞭子	睫毛	相同的	發光	不同的	輪廓

40 用字母 L 串出的自然發音單字(2)

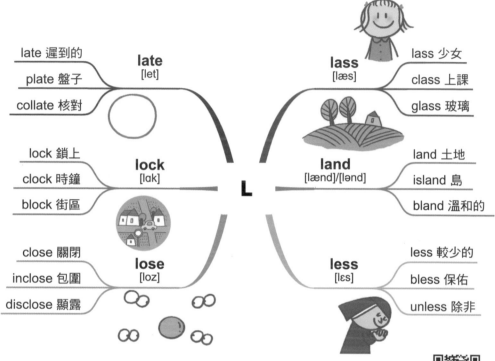

late 遲到的
plate 盤子
collate 核對

late
[let]

lass
[læs]

lass 少女
class 上課
glass 玻璃

lock 鎖上
clock 時鐘
block 街區

lock
[lɑk]

land
[lænd]/[lənd]

land 土地
island 島
bland 溫和的

L

close 關閉
inclose 包圍
disclose 顯露

lose
[loz]

less
[lɛs]

less 較少的
bless 保佑
unless 除非

１. 用跟讀用跟讀的方式體會字母 L 的發音。

Unit_40.mp3

lass [læs] 名 少女	**unless** [ʌnˈlɛs] 連 除非	**block** [blɑk] 名 街區
class [klæs] 名 上課	**close** [kloz] 動 關閉	**late** [let] 形 遲到的
glass [glæs] 名 玻璃	**inclose** [ɪnˈkloz] 動 包圍	**plate** [plet] 名 盤子
land [lænd] 名 土地	**disclose** [dɪsˈkloz] 動 顯露	**collate** [kəˈlet] 動 核對
island [ˈaɪlənd] 名 島	**lock** [lɑk] 動 鎖上	
bland [blænd] 形 溫和的	**clock** [klɑk] 名 時鐘	
less [lɛs] 形 較少的		
bless [blɛs] 動 保佑		

2. 各群組適用的自然發音規則

❶ lass [læs]
lass 通常唸成 [læs]。
Ex. lass 少女　　class 上課　　glass 玻璃

❷ land [lænd]
land 通常唸成 [lænd]。
Ex. land 土地　　bland 溫和的
*land 在輕音節中會唸成 [lənd]。Ex. island 島

❸ less [lɛs]
less 通常唸成 [lɛs]。
Ex. less 較少的　　bless 保佑　　unless 除非

❹ lose [loz]/[los]
lose 通常在動詞或名詞中唸成 [loz]，在形容詞中唸成 [los]。
Ex. close 關閉　　inclose 包圍　　disclose 顯露
　　close 結束，接近的
* lose（輸掉）的發音是 [luz]。

❺ lock [lɑk]
lock 通常唸成 [lɑk]。
Ex. lock 鎖上　　clock 時鐘　　block 街區

❻ late [let]
late 通常唸成 [let]。
Ex. late 遲到的　　plate 盤子　　collate 核對

3. 選出正確的中文

island ↓	plate ▽	unless ↓	lock ▽	glass ↓
1. 土地	遲到的	關閉	鎖上	保佑
2. 島	盤子	溫和的	街區	少女
3. 上課	包圍	除非	時鐘	玻璃

4. 請寫出正確的英文單字

土地	關閉	時鐘	少女	遲到的	島
除非	上課	鎖上	玻璃	包圍	街區
溫和的	盤子	較少的	顯露	保佑	核對

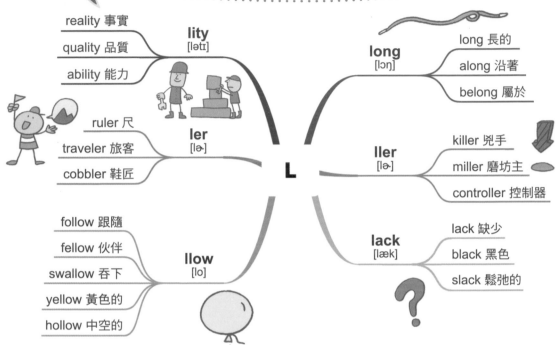

lity [lətɪ]
- reality 事實
- quality 品質
- ability 能力

long [lɔŋ]
- long 長的
- along 沿著
- belong 屬於

ler [lə]
- ruler 尺
- traveler 旅客
- cobbler 鞋匠

ller [lə]
- killer 兇手
- miller 磨坊主
- controller 控制器

llow [lo]
- follow 跟隨
- fellow 伙伴
- swallow 吞下
- yellow 黃色的
- hollow 中空的

lack [læk]
- lack 缺少
- black 黑色
- slack 鬆弛的

Ⅰ. 用跟讀的方式體會字母 **L** 的發音。

Unit_41.mp3

long [lɔŋ] 形 長的
along [əˈlɔŋ] 介 沿著
belong [bəˈlɔŋ] 動 屬於
killer [ˈkɪlə] 名 兇手
miller [ˈmɪlə] 名 磨坊主
controller [kənˈtrolə] 名 控制器
lack [læk] 動 缺少
black [blæk] 名 黑色

slack [slæk] 形 鬆弛的
follow [ˈfalo] 動 跟隨
fellow [ˈfɛlo] 名 伙伴
swallow [ˈswalo] 動 吞下
yellow [ˈjɛlo] 形 黃色的
hollow [ˈhalo] 形 中空的
ruler [ˈrulə] 名 尺

traveler [ˈtrævələ] 名 旅客
cobbler [ˈkablə] 名 鞋匠
reality [rɪˈælətɪ] 名 事實
quality [ˈkwalətɪ] 名 品質
ability [əˈbɪlətɪ] 名 能力

2.各群組適用的自然發音規則

❶ long
[lɔŋ]
long 通常唸成 [lɔŋ]。
Ex. **long** 長的　　**along** 沿著　　**belong** 屬於

❷ ller
[lɚ]
ller 通常唸成 [lɚ]。
Ex. **killer** 兇手　　**miller** 磨坊主　　**controller** 控制器

❸ lack
[læk]
lack 通常唸成 [læk]。
Ex. **lack** 缺少　　**black** 黑色　　**slack** 鬆弛的

❹ llow
[lo]
llow 通常唸成 [lo]。
Ex. **follow** 跟隨　　**fellow** 伙伴　　**swallow** 吞下
　　yellow 黃色的　　　**hollow** 中空的

❺ ler
[lɚ]
ler 通常唸成 [lɚ]。
Ex. **ruler** 統治者　　**traveler** 旅客　　**cobbler** 鞋匠

❻ lity
[lətɪ]
lity 通常唸成 [lətɪ]。
Ex. **reality** 事實　　**quality** 品質　　**ability** 能力

3.選出正確的中文

ruler	follow	quality	along	traveler
↓	▼	↓	▼	↓
1.伙伴	吞下	事實	沿著	磨坊主
2.尺	缺少	品質	屬於	旅客
3.兇手	跟隨	能力	長的	鞋匠

4.請寫出正確的英文單字

品質	尺	能力	缺少	屬於	旅客
磨坊主	中空的	跟隨	沿著	伙伴	長的
黃色的	控制器	事實	兇手	鞋匠	鬆弛的
吞下					

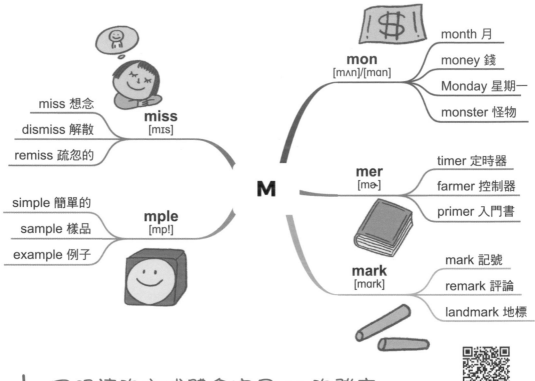

miss 想念
dismiss 解散
remiss 疏忽的

miss
[mɪs]

simple 簡單的
sample 樣品
example 例子

mple
[mp!]

M

mon
[mʌn]/[man]

month 月
money 錢
Monday 星期一
monster 怪物

mer
[mɚ]

timer 定時器
farmer 控制器
primer 入門書

mark
[mark]

mark 記號
remark 評論
landmark 地標

Unit_42.mp3

Ⅰ.用跟讀的方式體會字母 M 的發音。

month [mʌnθ] 名 月
money [ˈmʌnɪ] 名 錢
Monday [ˈmʌnde]
名 星期一
monster [ˈmanstɚ]
名 怪物
timer [ˈtaɪmɚ] 名 計時器
farmer [ˈfarmɚ] 名 農夫

primer [ˈpraɪmɚ]
名 入門書
mark [mark] 名 記號
remark [rɪˈmark]
名 評論
landmark [ˈlændmark]
名 地標
simple [ˈsɪmp!]
形 簡單的

sample [ˈsæmp!]
名 樣品
example [ɪgˈzæmp!]
名 例子
miss [mɪs] 動 想念
dismiss [dɪsˈmɪs]
動 解散
remiss [rɪˈmɪs]
形 疏忽的

2. 各群組適用的自然發音規則

❶ mon [mʌn]

mon 在字首通常唸成 [mʌn]。

Ex、month 月　　money 錢　　Monday 星期一

* mon 有時唸成 [man]。Ex、monster 怪物　　monitor 監視器

* mon 後面遇到 k 時，nk 的 n 要發 [ŋ] 的音。

Ex、monkey 猴子　　monk 和尚

---

❷ mer [mɚ]

mer 在字尾通常唸成 [mɚ]。

Ex、timer 計時器　　farmer 農夫　　primer 入門書

---

❸ mark [mark]

mark 通常唸成 [mark]。

Ex、mark 記號　　remark 評論　　landmark 地標

---

❹ mple [mp!]

mple 通常唸成 [mp!]。

Ex、simple 簡單的　　sample 樣品　　example 例子

---

❺ miss [mɪs]

miss 通常唸成 [mɪs]。

Ex、miss 想念　　dismiss 解散　　remiss 疏忽的

3. 選出正確的中文

miss	mark	sample	money	farmer
↓	▼	↓	▼	↓
1. 想念	記號	例子	猴子	怪物
2. 解散	地標	樣品	月	入門書
3. 評論	計時器	簡單的	錢	農夫

4. 請寫出正確的英文單字

例子	簡單的	解散	錢	記號	怪物
計時器	想念	月	入門書	農夫	評論
猴子	樣品	疏忽的	地標		

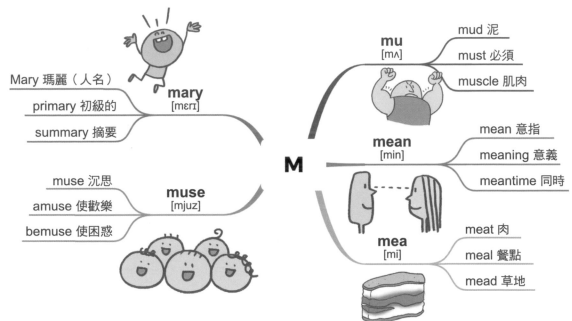

Mary 瑪麗（人名）
primary 初級的
summary 摘要
mary [mɛrɪ]

muse 沉思
amuse 使歡樂
bemuse 使困惑
muse [mjuz]

M

mu [mʌ]
mud 泥
must 必須
muscle 肌肉

mean [min]
mean 意指
meaning 意義
meantime 同時

mea [mi]
meat 肉
meal 餐點
mead 草地

1.用跟讀的方式體會字母 M 的發音。

Unit_43.mp3

mud [mʌd] 名 泥
must [mʌst] 助 必須
muscle [ˈmʌsl] 名 肌肉
mean [min] 動 意指
meaning [ˈminɪŋ] 名 意義
meantime [ˈmintaɪm] 副 同時

meat [mit] 名 肉
meal [mil] 名 餐點
mead [mid] 名 草地
muse [mjuz] 名 沉思
amuse [əˈmjuz] 動 使歡樂
bemuse [bɪˈmjuz] 動 使困惑

Mary [ˈmɛrɪ] 名 瑪麗（人名）
primary [ˈpraɪmərɪ] 形 初級的
summary [ˈsʌmərɪ] 名 摘要

2. 各群組適用的自然發音規則

❶ mu [mʌ]

mu 通常唸成 [mʌ]。
Ex. mud 泥　　must 必須　　muscle 肌肉

❷ mean [min]

mean 通常唸成 [min]。
Ex. mean 意指　　meaning 意義　　meantime 同時

❸ mea [mi]

mea 通常唸成 [mi]。
Ex. meat 肉　　meal 餐點　　mead 草地

❹ muse [mjuz]

muse 通常唸成 [mjuz]。
Ex. muse 沉思　　amuse 使歡樂　　bemuse 使困惑

❺ mary [mɛrɪ]

mary 通常唸成 [mɛrɪ]。
Ex. Mary 瑪麗（人名）　　primary 初級的
* mary 有時亦唸成 [mərɪ]。Ex. summary 摘要

3. 選出正確的中文

muscle	meaning	mud	primary	meat
↓	▼	↓	▼	↓
1. 草地	意義	餐點	初級的	必須
2. 沉思	同時	泥	摘要	草地
3. 肌肉	意指	瑪麗	使困惑	肉

4. 請寫出正確的英文單字

沉思	摘要	必須	餐點	瑪麗	肉
意義	泥	初級的	肌肉	同時	使歡樂
使困惑	意指	草地			

44 用字母 N 串出的自然發音單字

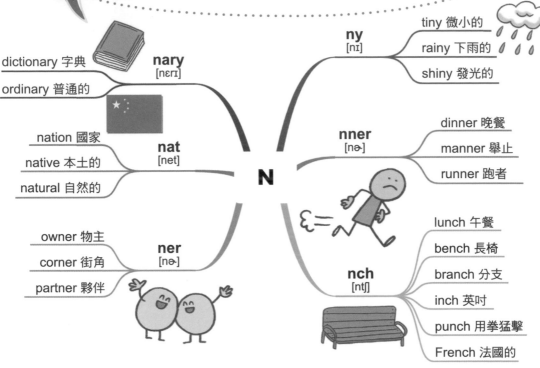

nary [nɛrɪ]
- dictionary 字典
- ordinary 普通的

nat [net]
- nation 國家
- native 本土的
- natural 自然的

ner [nɚ]
- owner 物主
- corner 街角
- partner 夥伴

N

ny [nɪ]
- tiny 微小的
- rainy 下雨的
- shiny 發光的

nner [nɚ]
- dinner 晚餐
- manner 舉止
- runner 跑者

nch [ntʃ]
- lunch 午餐
- bench 長椅
- branch 分支
- inch 英吋
- punch 用拳猛擊
- French 法國的

1. 用跟讀的方式體會字母 N 的發音。

Unit_44.mp3

tiny ['taɪnɪ] 形 微小的
rainy ['renɪ] 形 下雨的
shiny ['ʃaɪnɪ] 形 發光的
dinner ['dɪnɚ] 名 晚餐
manner ['mænɚ] 名 舉止
runner ['rʌnɚ] 名 跑者
lunch [lʌntʃ] 名 午餐
bench [bɛntʃ] 名 長椅

branch [bræntʃ] 名 分支
inch [ɪntʃ] 名 英吋
punch [pʌntʃ] 動 用拳猛擊
French [frɛntʃ] 形 法國的
owner ['onɚ] 名 物主
corner ['kɔrnɚ] 名 街角
partner ['pɑrtnɚ] 名 夥伴

nation ['neʃən] 名 國家
native ['netɪv] 形 本土的
natural ['nætʃərəl] 形 自然的
dictionary ['dɪkʃənɛrɪ] 名 字典
ordinary ['ɔrdnɛrɪ] 形 普通的

2. 各群組適用的自然發音規則

❶ ny
[nɪ]

ny 通常唸成 [nɪ]。
Ex. tiny 微小的　　rainy 下雨的　　shiny 發光的

❷ nner
[nɚ]

nner 通常唸成 [nɚ]。
Ex. dinner 晚餐　　manner 舉止　　runner 跑者

❸ nch
[ntʃ]

nch 通常唸成 [ntʃ]。
Ex. lunch 午餐　　bench 長椅　　branch 分支　　inch 英吋
punch 用拳猛擊　　French 法國的

❹ ner
[nɚ]

ner 通常唸成 [nɚ]。
Ex. owner 物主　　corner 街角　　partner 夥伴

❺ nat
[net]

na 通常唸成 [ne]。
Ex. nation 國家　　native 本土的　　natal 出生時的

❻ nary
[nɛrɪ]

nary 通常唸成 [nɛrɪ]。
Ex. dictionary 字典　　ordinary 普通的　　preliminary 初步的

3. 選出正確的中文

nation	**lunch**	**shiny**	**runner**	**dictionary**
↓	▼	↓	▼	↓
1. 本土的	分支	微小的	跑者	字典
2. 自然的	英吋	發光的	晚餐	街角
3. 國家	午餐	下雨的	物主	夥伴

4. 請寫出正確的英文單字

舉止	分支	自然的	字典	發光的	法國的
晚餐	物主	下雨的	夥伴	午餐	用拳猛擊
國家	跑者	普通的	長椅	本土的	街角
微小的	英吋				

45 用字母 O 串出的自然發音單字(1)

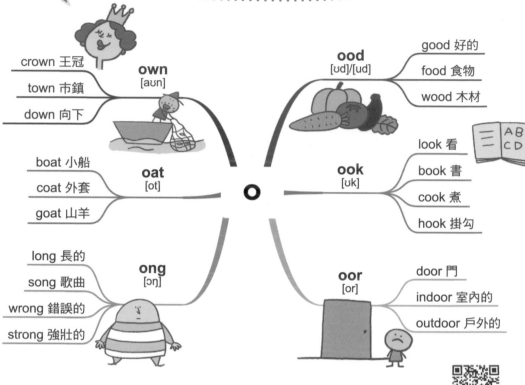

own [aʊn]
- crown 王冠
- town 市鎮
- down 向下

oat [ot]
- boat 小船
- coat 外套
- goat 山羊

ong [ɔŋ]
- long 長的
- song 歌曲
- wrong 錯誤的
- strong 強壯的

ood [ʊd]/[ud]
- good 好的
- food 食物
- wood 木材

ook [ʊk]
- look 看
- book 書
- cook 煮
- hook 掛勾

oor [or]
- door 門
- indoor 室內的
- outdoor 戶外的

Ⅰ.用跟讀的方式體會字母 O 的發音。

Unit_45.mp3

good [gʊd] 形 好的	**indoor** [ˈɪnˌdor] 形 室內的	**boat** [bot] 名 小船
food [fud] 名 食物	**outdoor** [ˈaʊtˌdor] 形 戶外的	**coat** [kot] 名 外套
wood [wʊd] 名 木材	**long** [lɔŋ] 形 長的	**goat** [got] 名 山羊
look [lʊk] 動 看	**song** [sɔŋ] 名 歌曲	**crown** [kraʊn] 名 王冠
book [bʊk] 名 書	**wrong** [rɔŋ] 形 錯誤的	**town** [taʊn] 名 市鎮
cook [kʊk] 動 煮	**strong** [strɔŋ] 形 強壯的	**down** [daʊn] 副 向下
hook [hʊk] 名 掛鉤		
door [dor] 名 門		

2. 各群組適用的自然發音規則

❶ ood
[ʊd]/[ud]

ood 通常唸成 [ʊd] 或 [ud]。
Ex. good 好的　　hood 頭巾　　wood 木材　　food 食物
mood 心情　　noodle 麵條

❷ ook
[ʊk]

ook 通常唸成 [ʊk]。
Ex. look 看　　book 書本　　cook 煮　　hook 掛鉤
took 拿（take 的過去式）

❸ oor
[or]

oor 通常唸成 [or]。
Ex. door 門　　indoor 室內的　　outdoor 戶外的
* oor 有時亦念成 [ʊr]。
Ex. poor 貧窮的　　boor 鄉下人　　moor 繫住

❹ ong
[ɔŋ]

ong 通常唸成 [ɔŋ]。
Ex. long 長的　　wrong 錯誤的　　song 歌曲　　strong 強壯的

❺ oat
[ot]

oat 通常唸成 [ot]。
Ex. boat 小船　　coat 外套　　goat 山羊

❻ own
[aʊn]

own 通常唸成 [aʊn]。
Ex. crown 王冠　　town 市鎮　　down 向下

3. 選出正確的中文

wrong	cook	crown	boat	wood
↓	▼	↓	▼	↓
1. 戶外的	煮	王冠	山羊	食物
2. 強壯的	看	市鎮	小船	木材
3. 錯誤的	向下	掛鉤	外套	書

4. 請寫出正確的英文單字

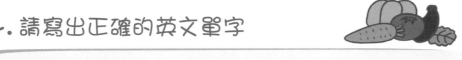

小船	錯誤的	書	王冠	掛鉤	木材
室內的	山羊	食物	向下	煮	市鎮
戶外的	外套	看	強壯的	門	好的

46 用字母 O 串出的自然發音單字(2)

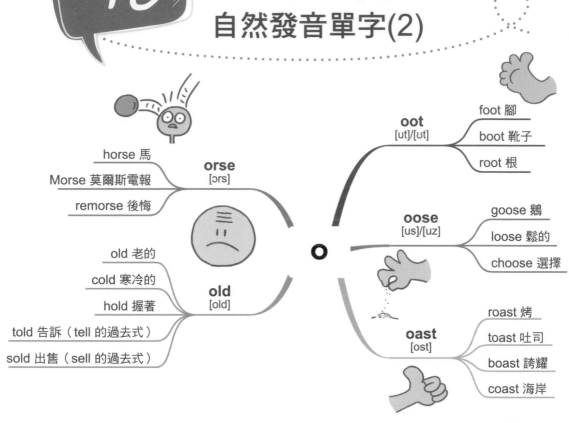

oot [ut]/[ʊt]
- foot 腳
- boot 靴子
- root 根

orse [ɔrs]
- horse 馬
- Morse 莫爾斯電報
- remorse 後悔

oose [us]/[uz]
- goose 鵝
- loose 鬆的
- choose 選擇

old [old]
- old 老的
- cold 寒冷的
- hold 握著
- told 告訴（tell 的過去式）
- sold 出售（sell 的過去式）

oast [ost]
- roast 烤
- toast 吐司
- boast 誇耀
- coast 海岸

1. 用跟讀的方式體會字母 O 的發音。

Unit_46.mp3

foot [fʊt] 名 腳
boot [but] 名 靴子
root [rut] 名 根
goose [gus] 名 鵝
loose [lus] 形 鬆的
choose [tʃuz] 動 選擇
roast [rost] 動 烤
toast [tost] 名 吐司

boast [bost] 動 誇耀
coast [kost] 名 海岸
old [old] 形 老的
cold [kold] 形 寒冷的
hold [hold] 動 握著
told [told] 動 告訴（tell 的過去式）

sold [sold] 動 出售（sell 的過去式）
horse [hɔrs] 名 馬
Morse [mɔrs] 名 莫爾斯電報
remorse [rɪˋmɔrs] 名 後悔

2. 各群組適用的自然發音規則

❶ oot
[ut]/[ʊt]

oot 通常唸成 [ut] 或 [ʊt]。
Ex. boot 靴子　　root 根　　　shoot 發射
　　foot 腳　　　soot 油煙

❷ oose
[us]

oose 通常唸成 [us]。
Ex. loose 鬆的　　goose 鵝　　noose 圈套
* oose 有時會唸成 [uz]。Ex. choose 選擇

❸ oast
[ost]

oast 通常唸成 [ost]。
Ex. boast 誇耀　　coast 海岸　　roast 烤　　toast 吐司

❹ old
[old]

old 通常唸成 [old]。
Ex. **old** 老的　　　　cold 寒冷的　　　hold 握著
　　told 告訴（tell 的過去式）　　sold 出售（sell 的過去式）

❺ orse
[ɔrs]

orse 通常唸成 [ɔrs]。
Ex. horse 馬　　Morse 莫爾斯電報　　remorse 後悔

3. 選出正確的中文

boot	toast	Morse	hold	choose
↓	▼	↓	▼	↓
1. 靴子	海岸	馬	老的	選擇
2. 根	吐司	後悔	握著	鵝
3. 腳	誇耀	莫爾斯電報	寒冷的	鬆的

4. 請寫出正確的英文單字

莫爾斯電報	誇耀	鬆的	握著	烤	靴子
老的	海岸	腳	馬	選擇	鵝
出售（sell 的過去式）	寒冷的	後悔	根	吐司	告訴（tell 的過去式）

47 用字母 O 串出的自然發音單字(3)

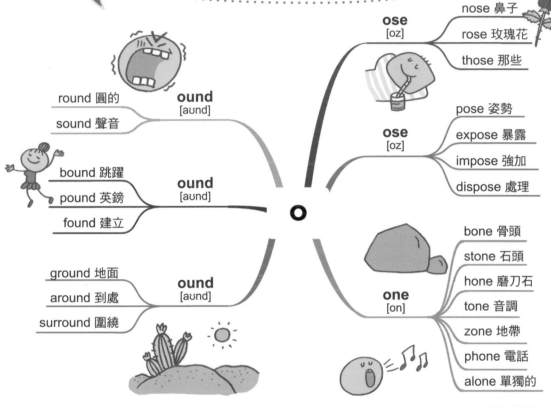

ose [oz]
- nose 鼻子
- rose 玫瑰花
- those 那些

ose [oz]
- pose 姿勢
- expose 暴露
- impose 強加
- dispose 處理

ound [aʊnd]
- round 圓的
- sound 聲音

ound [aʊnd]
- bound 跳躍
- pound 英鎊
- found 建立

ound [aʊnd]
- ground 地面
- around 到處
- surround 圍繞

one [on]
- bone 骨頭
- stone 石頭
- hone 磨刀石
- tone 音調
- zone 地帶
- phone 電話
- alone 單獨的

1. 用跟讀的方式體會字母 O 的發音。

Unit_47.mp3

nose [noz] 名 鼻子
rose [roz] 名 玫瑰花
those [ðoz] 代 那些
pose [poz] 名 姿勢
expose [ɪkˋspoz] 動 暴露
impose [ɪmˋpoz] 動 強加
dispose [dɪˋspoz] 動 處理

bone [bon] 名 骨頭
stone [ston] 名 石頭
hone [hon] 名 磨刀石
tone [ton] 名 音調
zone [zon] 名 地帶
phone [fon] 名 電話
alone [əˋlon] 形 單獨的
ground [graʊnd] 名 地面

around [əˋraʊnd] 副 到處
surround [səˋraʊnd] 動 圍繞
bound [baʊnd] 動 跳躍
pound [paʊnd] 名 英鎊
found [faʊnd] 動 建立
round [raʊnd] 形 圓的
sound [saʊnd] 名 聲音

2. 各群組適用的自然發音規則

❶ ose [oz]

ose 通常唸成 [oz]。
Ex. nose 鼻子　　rose 玫瑰花　　those 那些　　pose 姿勢
expose 暴露　　impose 強加　　dispose 處理

❷ one [on]

one 在字尾通常唸成 [on]。
Ex. bone 骨頭　　stone 石頭　　hone 磨刀石　　tone 音調
zone 地帶　　phone 電話　　alone 單獨的

❸ ound [aʊnd]

ound 通常唸成 [aʊnd]。
Ex. ground 地面　　around 到處　　surround 圍繞
bound 跳躍　　pound 重擊　　found 建立
round 圓的　　sound 聲音

3. 選出正確的中文

stone ↓	pose ▼	phone ↓	zone ▼	ground ↓
1. 玫瑰花	鼻子	電話	地帶	到處
2. 石頭	姿勢	建立	音調	圍繞
3. 骨頭	暴露	磨刀石	跳躍	地面

4. 請寫出正確的英文單字

電話	石頭	玫瑰花	地面	建立	聲音
跳躍	姿勢	音調	強加	圍繞	骨頭
英鎊	暴露	單獨的	那些	磨刀石	到處
地帶	鼻子	圓的	處理		

48 用字母 O 串出的自然發音單字(4)

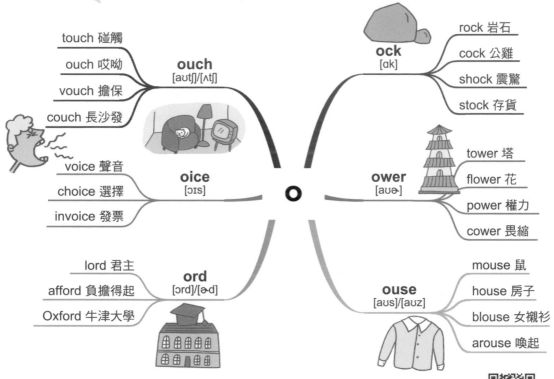

touch 碰觸
ouch 哎呦
vouch 擔保
couch 長沙發

ouch
[aʊtʃ]/[ʌtʃ]

rock 岩石
cock 公雞
shock 震驚
stock 存貨

ock
[ɑk]

voice 聲音
choice 選擇
invoice 發票

oice
[ɔɪs]

tower 塔
flower 花
power 權力
cower 畏縮

ower
[aʊə˞]

lord 君主
afford 負擔得起
Oxford 牛津大學

ord
[ɔrd]/[ə˞d]

mouse 鼠
house 房子
blouse 女襯衫
arouse 喚起

ouse
[aʊs]/[aʊz]

1. 用跟讀的方式體會字母 O 的發音。

rock [rɑk] 名 岩石
cock [kɑk] 名 公雞
shock [ʃɑk] 名 震驚
stock [stɑk] 名 存貨
tower [ˈtaʊə˞] 名 塔
flower [ˈflaʊə˞] 名 花
power [ˈpaʊə˞] 名 權力
cower [ˈkaʊə˞] 動 畏縮

mouse [maʊs] 名 鼠
house [haʊs] 名 房子
blouse [blaʊz] 名 女襯衫
arouse [əˈraʊz] 動 喚起
lord [lɔrd] 名 君主
afford [əˈfɔrd]
動 負擔得起
Oxford [ˈɑksfə˞d]
名 牛津大學

voice [vɔɪs] 名 聲音
choice [tʃɔɪs] 名 選擇
invoice [ˈɪnvɔɪs] 名 發票
touch [tʌtʃ] 動 接觸
ouch [aʊtʃ] 歎 哎喲
vouch [vaʊtʃ] 動 擔保
couch [kaʊtʃ] 名 長沙發

2. 各群組適用的自然發音規則

❶ ock
[ɑk]

ock 通常唸成 [ɑk]。
Ex. rock 岩石　　cock 公雞　　shock 震驚　　stock 存貨

❷ ower
[aʊɚ]

ower 通常唸成 [aʊɚ]。
Ex. tower 塔　　flower 花　　power 權力　　cower 畏縮

❸ ouse
[aʊs]

ouse 通常唸成 [aʊs]。Ex. mouse 鼠　　house 房子
* ouse 有時唸成 [aʊz]。Ex. blouse 女襯衫　　arouse 喚起

❹ ord
[ɔrd]

ord 通常唸成 [ɔrd]。Ex. lord 君主　afford 負擔得起　sword 劍
* ord 有時念成 [ɚd]（Ex. word 字），或是在輕音節的話，念成
[ɚd]（Ex. Oxford 牛津大學）。

❺ oice
[ɔɪs]

oice 通常唸成 [ɔɪs]。
Ex. voice 聲音　　choice 選擇　　invoice 發票

❻ ouch
[aʊtʃ]

ouch 通常唸成 [aʊtʃ]。Ex. ouch 哎喲　vouch 擔保　couch 長沙發
* ouch 有時亦唸成 [ʌtʃ]。Ex. touch 碰觸

3. 選出正確的中文

rock	power	voice	mouse	tower
↓	▼	↓	▼	↓
1. 震驚	權力	聲音	哎喲	花
2. 公雞	負擔得起	選擇	鼠	存貨
3. 岩石	擔保	發票	房子	塔

4. 請寫出正確的英文單字

君主	聲音	權力	擔保	鼠	公雞
存貨	發票	花	哎喲	房子	岩石
選擇	震驚	長沙發	畏縮	塔	牛津大學
女襯衫	負擔得起	接觸			

49 用字母 P 串出的自然發音單字(1)

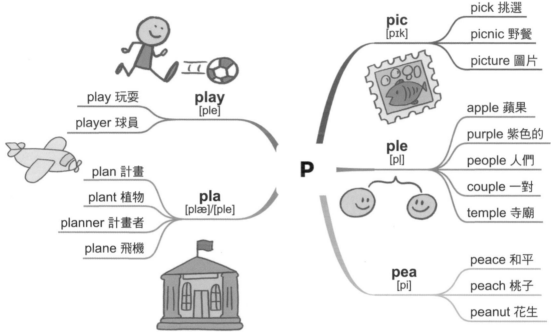

play 玩耍
player 球員

play [ple]

plan 計畫
plant 植物
planner 計畫者
plane 飛機

pla [plæ]/[ple]

P

pic [pɪk]
pick 挑選
picnic 野餐
picture 圖片

ple [pl̩]
apple 蘋果
purple 紫色的
people 人們
couple 一對
temple 寺廟

pea [pi]
peace 和平
peach 桃子
peanut 花生

I.用跟讀的方式體會字母 P 的發音。

Unit_49.mp3

---

pick [pɪk] 動 挑選

picnic [ˈpɪknɪk] 名 野餐

picture [ˈpɪktʃɚ] 名 圖片

apple [ˈæpl̩] 名 蘋果

purple [ˈpɝpl̩] 形 紫色的

people [ˈpipl̩] 名 人們

couple [ˈkʌpl̩] 名 一對

temple [ˈtɛmpl̩] 名 寺廟

peace [pis] 名 和平

peach [pitʃ] 名 桃子

peanut [ˈpinʌt] 名 花生

plan [plæn] 名 計畫

plant [plænt] 名 植物

planner [ˈplænɚ] 名 計畫者

plane [plen] 名 飛機

play [ple] 動 玩耍

player [ˈpleɚ] 名 球員

2. 各群組適用的自然發音規則

❶ pic [pɪk]
pic 通常唸成 [pɪk]。
Ex. **pick** 挑選　　**picnic** 野餐　　**picture** 圖片

❷ ple [pl̩]
ple 在字尾通常唸成 [pl̩]。
Ex. **apple** 蘋果　　**purple** 紫色的　　**people** 人們
　　couple 一對　　**temple** 寺廟

❸ pea [pi]
pea 通常唸成 [pi]。
Ex. **peace** 和平　　**peach** 桃子　　**peanut** 花生

❹ pla [plæ]
pla 通常唸成 [plæ]。
Ex. **plan** 計畫　　**plant** 植物　　**planner** 計畫者
* pla 中的 a 遇到「a+子音+e」的組合時唸成 [e]。Ex. **plane** 飛機

❺ play [ple]
play 通常唸成 [ple]。
Ex. **play** 玩耍　　**player** 球員　　**cosplay** 角色扮演

3. 選出正確的中文

picnic ↓	peach ▼	plant ↓	purple ▼	player ↓
1. 野餐	蘋果	計畫	一對	計畫者
2. 挑選	花生	和平	紫色的	球員
3. 圖片	桃子	植物	人們	飛機

4. 請寫出正確的英文單字

植物	桃子	蘋果	飛機	寺廟	野餐
花生	紫色的	計畫者	挑選	球員	一對
計畫	圖片	玩耍	和平	人們	

用字母 **P** 串出的自然發音單字(2)

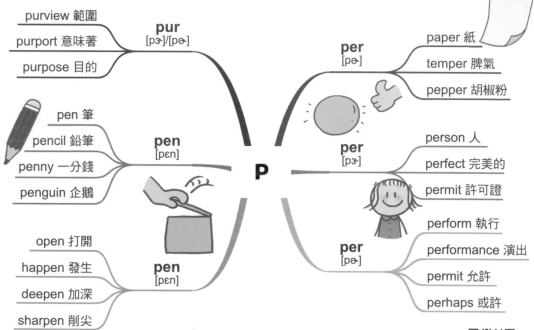

- purview 範圍
- purport 意味著
- purpose 目的

pur [pɝ]/[pɚ]

- paper 紙
- temper 脾氣
- pepper 胡椒粉

per [pɚ]

- pen 筆
- pencil 鉛筆
- penny 一分錢
- penguin 企鵝

pen [pɛn]

P

- person 人
- perfect 完美的
- permit 許可證

per [pɝ]

- open 打開
- happen 發生
- deepen 加深
- sharpen 削尖

pen [pɛn]

- perform 執行
- performance 演出
- permit 允許
- perhaps 或許

per [pɚ]

Ⅰ. 用跟讀的方式體會字母 P 的發音。

Unit_50.mp3

paper [ˈpepɚ] 名 紙
temper [ˈtɛmpɚ] 名 脾氣
pepper [ˈpɛpɚ] 名 胡椒粉
person [ˈpɝsn] 名 人
perfect [ˈpɝfɪkt] 形 完美的
permit [ˈpɝmɪt] 名 許可證
perform [pɚˈfɔrm] 動 執行

performance [pɚˈfɔrməns] 名 演出
permit [pɚˈmɪt] 動 允許
perhaps [pɚˈhæps] 副 或許
open [ˈopən] 動 打開
happen [ˈhæpən] 動 發生
deepen [ˈdipən] 動 加深
sharpen [ˈʃɑrpən] 動 削尖

pen [pɛn] 名 筆
pencil [ˈpɛnsl] 名 鉛筆
penny [ˈpɛnɪ] 名 一分錢
penguin [ˈpɛŋgwɪn] 名 企鵝
purview [ˈpɝvju] 名 範圍
purport [pɚˈpɔrt] 動 意味著
purpose [ˈpɝpəs] 名 目的

2. 各群組適用的自然發音規則

❶

per
[pɚ]/[pɝ]

per 在輕音節通常唸成 [pɚ]，在重音節通常唸成 [pɝ]。
Ex. paper 紙　　temper 脾氣　　pepper 胡椒粉　　perhaps 或許
perform 執行　　performance 演出　　permit 允許
permit 許可證　　perfect 完美的　　person 人

❷

pen
[pɛn]

pen 在重音節通常唸成 [pɛn]，在輕音節通常唸成 [pən]。
Ex. pen 筆　　pencil 鉛筆　　penny 一分錢　　penguin 企鵝
open 打開　　happen 發生　　deepen 加深
* 少數情況中，pen 在字尾會發 [pn̩] 的音。Ex. sharpen 削尖

❸

pur
[pɝ]/[pɚ]

pur 在重音節通常唸成 [pɝ]，在輕音節通常唸成 [pɚ]。
Ex. purview 範圍　　purport 意指　　purpose 目的

3. 選出正確的中文

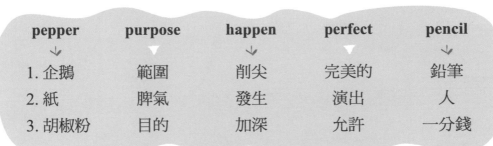

pepper	purpose	happen	perfect	pencil
↓	▼	↓	▼	↓
1. 企鵝	範圍	削尖	完美的	鉛筆
2. 紙	脾氣	發生	演出	人
3. 胡椒粉	目的	加深	允許	一分錢

4. 請寫出正確的英文單字

發生	允許	企鵝	目的	脾氣	打開
演出	範圍	或許	鉛筆	一分錢	完美的
削尖	執行	紙	胡椒粉	筆	意味著
人	加深				

51 用字母 R 串出的自然發音單字(1)

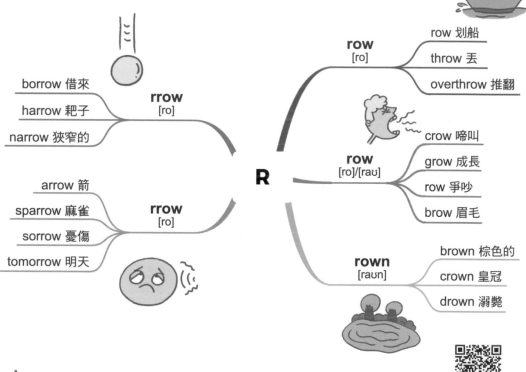

row [ro]
- row 划船
- throw 丟
- overthrow 推翻

row [ro]/[raʊ]
- crow 啼叫
- grow 成長
- row 爭吵
- brow 眉毛

rown [raʊn]
- brown 棕色的
- crown 皇冠
- drown 溺斃

rrow [ro]
- borrow 借來
- harrow 耙子
- narrow 狹窄的

rrow [ro]
- arrow 箭
- sparrow 麻雀
- sorrow 憂傷
- tomorrow 明天

R

Unit_51.mp3

Ⅰ. 用跟讀的方式體會字母 R 的發音。

row [ro] 動 划船
throw [θro] 動 丟
overthrow [͵ovɚˈθro] 動 推翻
crow [kro] 動 啼叫
grow [gro] 動 成長
row [raʊ] 名 爭吵
brow [braʊ] 名 眉毛

brown [braʊn] 形 棕色的
crown [kraʊn] 名 皇冠
drown [draʊn] 動 溺斃
arrow [ˈæro] 名 箭
sparrow [ˈspæro] 名 麻雀
sorrow [ˈsɑro] 名 憂傷

tomorrow [təˈmɑro] 副 明天
borrow [ˈbɑro] 動 借來
harrow [ˈhæro] 名 耙子
narrow [ˈnæro] 形 狹窄的

2. 各群組適用的自然發音規則

❶

row
[ro]

row 通常唸成 [ro]。

Ex. **row** 划船　　**throw** 丟　　**overthrow** 推翻　　**crow** 啼叫
grow 成長

* row 有時會念成 [raʊ]。Ex. **brow** 眉毛　　**row** 爭吵

❷

rown
[raʊn]

rown 通常唸成 [raʊn]。

Ex. **brown** 棕色的　　**crown** 皇冠　　**drown** 溺斃

❸

rrow
[ro]

rrow 通常唸成 [ro]。

Ex. **arrow** 箭　　　　　**sparrow** 麻雀　　**sorrow** 憂傷
tomorrow 明天　　**borrow** 借來　　**harrow** 耙子
narrow 狹窄的

3. 選出正確的中文

arrow	**throw**	**brown**	**crow**	**borrow**
↓	▼	↓	▼	↓
1. 箭	溺斃	棕色的	成長	划船
2. 麻雀	丟	狹窄的	推翻	借來
3. 眉毛	憂傷	明天	啼叫	耙子

4. 請寫出正確的英文單字

溺斃	耙子	推翻	憂傷	成長	箭
-------	-------	-------	-------	-------	-------
明天	划船	借來	啼叫	棕色的	丟
-------	-------	-------	-------	-------	-------
麻雀	狹窄的	眉毛			
-------	-------	-------			

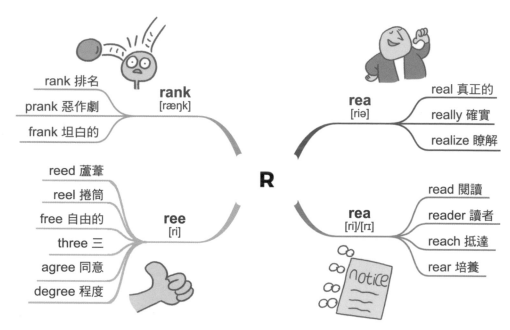

rank 排名
prank 惡作劇
frank 坦白的

rank [ræŋk]

reed 蘆葦
reel 捲筒
free 自由的
three 三
agree 同意
degree 程度

ree [ri]

R

real 真正的
really 確實
realize 瞭解

rea [riə]

read 閱讀
reader 讀者
reach 抵達
rear 培養

rea [ri]/[rɪ]

Unit_52.mp3

Ⅰ.用跟讀的方式體會字母 R 的發音。

real [ˈriəl] 形 真正的

really [ˈriəlɪ] 副 確實

realize [ˈriəlaɪz] 動 瞭解

read [rid] 動 閱讀

reader [ˈridɚ] 名 讀者

reach [ritʃ] 動 抵達

rear [rɪr] 動 培養

reed [rid] 名 蘆葦

reel [ril] 名 捲筒

free [fri] 形 自由的

three [θri] 數 三

agree [əˈgri] 動 同意

degree [dɪˈgri] 名 程度

rank [ræŋk] 動 排名

prank [præŋk] 名 惡作劇

frank [fræŋk] 形 坦白的

2. 各群組適用的自然發音規則

❶

rea
[ri]/[rɪ]

rea 在字首通常唸成 [ri]，少部分情況念短音 [rɪ]。

Ex. read 閱讀　　reader 讀者　　reach 抵達　　reason 理由
　　rear 培養

* rea 中的 ea 有時會發兩個母音 [iə]。

Ex. real 真正的　　really 確實　　realize 瞭解

* rea 有時會唸成 [rɛ]。Ex. read 閱讀（過去式）　　realm 領域

❷

ree
[ri]

ree 通常唸成 [ri]。

Ex. free 自由的　　three 三個　　agree 同意　　degree 程度

* ree 有時會例外唸成 [re]。Ex. entree 主菜

❸

rank
[ræŋk]

rank 通常唸成 [ræŋk]。

Ex. rank 排名　　prank 惡作劇　　frank 坦白的

3. 選出正確的中文

agree	rear	reach	prank	real
↓	▼	↓	▼	↓
1. 程度	瞭解	抵達	惡作劇	坦白的
2. 主菜	培養	排名	三	真正的
3. 同意	閱讀	確實	讀者	自由的

4. 請寫出正確的英文單字

瞭解	排名	三	讀者	培養	惡作劇
--------	--------	--------	--------	--------	--------
抵達	同意	確實	坦白的	自由的	閱讀
--------	--------	--------	--------	--------	--------
程度	真正的				
--------	--------				

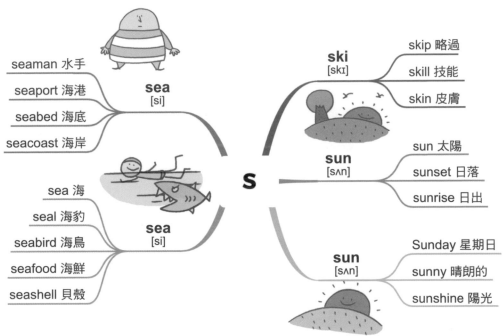

seaman 水手
seaport 海港
seabed 海底
seacoast 海岸

sea
[si]

sea 海
seal 海豹
seabird 海鳥
seafood 海鮮
seashell 貝殼

sea
[si]

S

ski
[skɪ]

skip 略過
skill 技能
skin 皮膚

sun
[sʌn]

sun 太陽
sunset 日落
sunrise 日出

sun
[sʌn]

Sunday 星期日
sunny 晴朗的
sunshine 陽光

1. 用跟讀的方式體會字母 S 的發音。

Unit_53.mp3

skip [skɪp] 動 略過

skill [skɪl] 名 技能

skin [skɪn] 名 皮膚

sun [sʌn] 名 太陽

sunset [ˈsʌnsɛt] 名 日落

sunrise [ˈsʌnraɪz]
名 日出

Sunday [ˈsʌnde]
名 星期日

sunny [ˈsʌnɪ] 形 晴朗的

sunshine [ˈsʌnʃaɪn]
名 陽光

sea [si] 名 海

seal [sil] 名 海豹

seabird [ˈsiˌbɝd]
名 海鳥

seafood [ˈsiˌfud] 名 海鮮

seashell [ˈsiˌʃɛl] 名 貝殼

seaman [ˈsiˌmən]
名 水手

seaport [ˈsiˌpɔrt] 名 海港

seabed [ˈsiˌbɛd] 名 海底

seacoast [ˈsiˌkost]
名 海岸

2. 各群組適用的自然發音規則

❶

ski
[skɪ]

ski 通常唸成 [skɪ]。
Ex. **skill** 技能　　**skin** 皮膚　　**skip** 略過
* ski 少部份情況下會念長音的 [ski]。Ex. **ski** 滑雪

❷

sun
[sʌn]

sun 通常唸成 [sʌn]。
Ex. **sun** 太陽　　**sunset** 日落　　**sunrise** 日出
Sunday 星期日　　**sunny** 晴朗的　　**sunshine** 陽光

❸

sea
[si]

sea 通常唸成 [si]。
Ex. **sea** 海　　**seal** 海豹　　**seabird** 海鳥　　**seafood** 海鮮
seashell 貝殼　　　**seaman** 水手　　　**seaport** 海港
seabed 海底　　　**seacoast** 海岸

3. 選出正確的中文

seafood	sunshine	skill	seal	sunny
↓	▼	↓	▼	↓
1. 海鮮	星期日	皮膚	海鳥	日落
2. 海底	陽光	技能	水手	日出
3. 海港	貝殼	太陽	海豹	晴朗的

4. 請寫出正確的英文單字

日出	星期日	水手	海鳥	海鮮	晴朗的
------	------	------	------	------	------
皮膚	海底	滑雪	太陽	貝殼	日落
------	------	------	------	------	------
海港	陽光	海豹	技能	海	海岸
------	------	------	------	------	------

用字母 S 串出的自然發音單字(2)

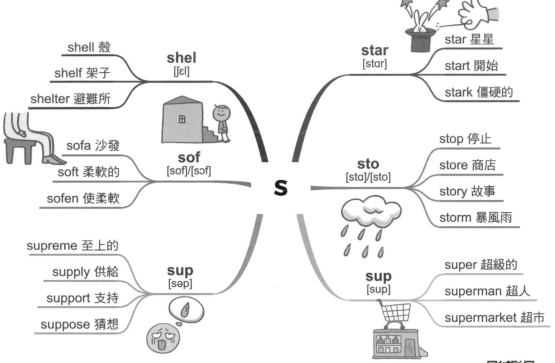

shell 殼
shelf 架子
shelter 避難所

shel [ʃɛl]

star [star]

star 星星
start 開始
stark 僵硬的

sofa 沙發
soft 柔軟的
sofen 使柔軟

sof [sof]/[sɔf]

S

sto [sta]/[sto]

stop 停止
store 商店
story 故事
storm 暴風雨

supreme 至上的
supply 供給
support 支持
suppose 猜想

sup [səp]

sup [sup]

super 超級的
superman 超人
supermarket 超市

1. 用跟讀的方式體會字母 S 的發音。

Unit_54.mp3

star [star] 名 星星
start [start] 動 開始
stark [stark] 形 僵硬的
stop [stap] 動 停止
store [stor] 名 商店
story [ˈstorɪ] 名 故事
storm [stɔrm] 名 暴風雨
super [ˈsupɚ] 形 超級的

superman [ˈsupɚˌmæn] 名 超人
supermarket [ˈsupɚˌmarkɪt] 名 超市
supreme [ˈsəˈprim] 形 至上的
supply [səˈplaɪ] 動 供給
support [səˈport] 動 支持

suppose [səˈpoz] 動 猜想
sofa [ˈsofə] 名 沙發
soft [sɔft] 形 柔軟的
soften [ˈsɔfn̩] 動 使柔軟
shell [ʃɛl] 名 殼
shelf [ʃɛlf] 名 架子
shelter [ˈʃɛltɚ] 名 避難所

2. 各群組適用的自然發音規則

❶ star
[stɑr]

star 通常唸成 [stɑr]。
Ex. **star** 星星　　**start** 開始　　**stark** 僵硬的

❷ sto
[stɑ]/[stɔ]

sto 通常唸成 [stɑ] 或 [stɔ]。
Ex. **store** 商店　　**story** 故事　　**storm** 暴風雨
*sto 有時亦唸成 [stɑ]。Ex. **stop** 停止

❸ sup
[sup]

sup 在重音節通常唸成 [sup]，在輕音節通常念成 [səp]。
Ex. **super** 超級的　　**superman** 超人　　**supermarket** 超市
supply 供給　　**support** 支持　　**suppose** 猜想
* sup 有時亦唸成 [sʌp]。Ex. **supper** 晚餐

❹ sof
[sof]/[sɔf]

sof 通常唸成 [sɔf]。Ex. **soft** 柔軟的　　**soften** 使柔軟（t 不發音）
* sof 有時亦唸成 [sof]。Ex. **sofa** 沙發

❺ shel
[ʃɛl]

shel 通常唸成 [ʃɛl]。
Ex. **shell** 殼　　**shelf** 架子　　**shelter** 避難所

3. 選出正確的中文

support ↓	stark ▼	shelf ↓	supper ▼	soften ↓
1. 避難所	僵硬的	沙發	晚餐	猜想
2. 支持	柔軟的	殼	商店	星星
3. 停止	超級的	架子	供給	使柔軟

4. 請寫出正確的英文單字

支持	晚餐	開始	避難所	暴風雨	故事
使柔軟	停止	星星	超級的	猜想	架子
超市	供給	僵硬的	超人	柔軟的	商店
沙發	殼				

用字母 S 串出的自然發音單字(3)

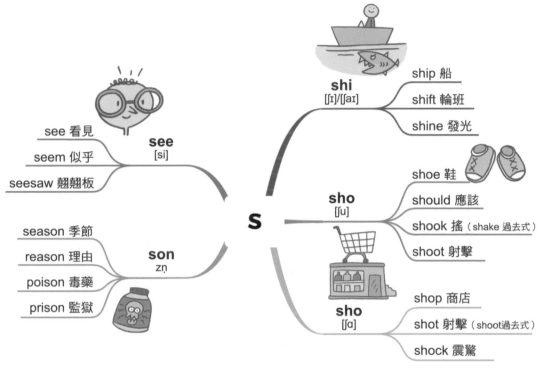

shi [ʃɪ]/[ʃaɪ]
- ship 船
- shift 輪班
- shine 發光

see [si]
- see 看見
- seem 似乎
- seesaw 翹翹板

sho [ʃu]
- shoe 鞋
- should 應該
- shook 搖（shake 過去式）
- shoot 射擊

son zn̩
- season 季節
- reason 理由
- poison 毒藥
- prison 監獄

sho [ʃɑ]
- shop 商店
- shot 射擊（shoot過去式）
- shock 震驚

S

Unit_55.mp3

1. 用跟讀的方式體會字母 S 的發音。

ship [ʃɪp] 名 船
shift [ʃɪft] 名 輪班
shine [ʃaɪn] 動 發光
shoe [ʃu] 名 鞋
should [ʃud] 動 應該
shook [ʃuk] 動 搖
（過去式）

shoot [ʃut] 動 射擊
shop [ʃɑp] 名 商店
shot [ʃɑt] 動 射擊
shock [ʃɑk] 名 震驚
season ['sizn̩] 名 季節
reason ['rizn̩] 名 理由
poison ['pɔɪzn̩] 名 毒藥

prison ['prɪzn̩] 名 監獄
see [si] 動 看見
seem [sim] 動 似乎
seesaw ['si sɔ]
名 蹺蹺板

2.各群組適用的自然發音規則

❶

shi
[ʃɪ]

shi 通常唸成 [ʃɪ] 或 [ʃaɪ]。sh 通常發 [ʃ] 的音。

Ex. **ship** 船　　**shift** 輪班　　**shit** 屎　　**shine** 發光

* ir 這個字母組合中通常發 [ɝ] 或 [ɚ]。

Ex. **shirt** 襯衫　　**Shirley** 雪麗（女子名）

❷

sho
[ʃɑ]

sho 通常唸成 [ʃɑ]。

Ex. **shop** 商店　　**shot** 射擊（shoot 的過去式）　　**shock** 震驚

* 但字母 o 與其他母音字母組合時，會有不同的發音。例如，
oa、oo、or、ow、ou... 等，因此像是 shoal（淺灘）念成
[ʃol]，shoe 念成 [ʃu]，shoot 念成 [ʃut]，short 念成 [ʃort]，
show 念成 [ʃo]，shower 念成 [ˈʃaʊɚ]，should 念成 [ʃud]（字
母 l 不發音），shout 念成 [ʃaʊt]...等。

❸

son
[zn̩]

son 在字尾通常唸成 [zn̩]。

Ex. **season** 季節　　**reason** 理由　　**poison** 毒藥
prison 監獄

❹

see
[si]

see 通常唸成 [si]。

Ex. **see** 看見　　**seem** 似乎　　**seesaw** 蹺蹺板

3.選出正確的中文

season	shoot	ship	shop	shirt
↓	▼	↓	▼	↓
1. 季節	發光	船	短的	襯衫
2. 理由	淋浴	蹺蹺板	商店	大喊
3. 展示	射擊	監獄	鞋	看見

4.請寫出正確的英文單字

季節	發光	射擊	監獄	展示	似乎
商店	襯衫	短的	淋浴	毒藥	鞋
蹺蹺板	理由	船	看見	大喊	

56 用字母 S 串出的自然發音單字(4)

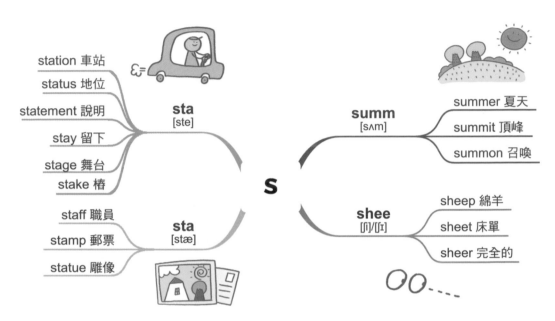

station 車站
status 地位
statement 說明
stay 留下
stage 舞台
stake 樁

sta [ste]

staff 職員
stamp 郵票
statue 雕像

sta [stæ]

S

summ [sʌm]

summer 夏天
summit 頂峰
summon 召喚

shee [ʃi]/[ʃɪ]

sheep 綿羊
sheet 床單
sheer 完全的

l. 用跟讀的方式體會字母 S 的發音。

Unit_56.mp3

summer ['sʌmɚ] 名 夏天
summit ['sʌmɪt] 名 頂峰
summon ['sʌmən] 動 召喚
sheep [ʃip] 名 綿羊
sheet [ʃit] 名 床單
sheer [ʃɪr] 形 完全的

staff [stæf] 名 職員
stamp [stæmp] 名 郵票
statue [stætʃʊ] 名 雕像
station ['steʃən] 名 車站
status ['stetəs] 名 地位
statement ['stetmənt] 名 說明

stay [ste] 動 留下
stage [stedʒ] 名 舞台
stake [stek] 名 樁

2. 各群組適用的自然發音規則

❶ sum
[sʌm]

sum 通常唸成 [sʌm]。

Ex. **summer** 夏天　　**summit** 頂峰　　**summon** 召喚

❷ shee
[ʃi]

shee 通常唸成 [ʃi]。

Ex. **sheep** 綿羊　　**sheet** 床單

* shee 當中的 ee 有時會發短音的 [ɪ]。Ex. **sheer** 完全的

❸ sta
[ste]

sta 通常唸成 [ste]。

Ex. **stay** 留下　　**stage** 舞臺　　**stake** 樁　　**station** 車站
　　status 地位　　**statement** 說明

* sta 有時亦唸成 [stæ]。

Ex. **staff** 職員　　**stamp** 郵票　　**statue** 雕像

3. 選出正確的中文

sheet ↓	stage ▼	summit ↓	stamp ▼	staff ↓
1. 床單	說明	車站	椿	召喚
2. 綿羊	舞臺	夏天	郵票	留下
3. 完全的	地位	頂峰	地位	職員

4. 請寫出正確的英文單字

頂峰	郵票	綿羊	地位	職員	床單
-----	-----	-----	-----	-----	-----
說明	舞臺	召喚	車站	完全的	留下
-----	-----	-----	-----	-----	-----
椿	夏天				

57 用字母 S 串出的自然發音單字(5)

basis 基礎
crisis 危機
oasis 綠洲
analysis 分析

sis
[sɪs]

swim 游泳
swing 搖擺
switch 開關

swi
[swɪ]

S

street 街道
stretch 伸直
strength 力氣

str
[str]

student 學生
stupid 愚蠢的
studio 工作室

stu
[stju]

study 研究
stump 樹椿
stuff 東西

stu
[stʌ]

string 細繩
straw 稻草
stream 小溪

str
[str]

l.用跟讀的方式體會字母 S 的發音。

Unit_57.mp3

student [ˈstjudn̩t] 名 學生	**string** [strɪŋ] 名 細繩	**switch** [swɪtʃ] 名 開關
stupid [ˈstjupɪd] 形 愚蠢的	**straw** [strɔ] 名 稻草	**basis** [ˈbesɪs] 名 基礎
studio [ˈstjudɪo] 名 工作室	**stream** [strim] 名 小溪	**crisis** [ˈkraɪsɪs] 名 危機
study [ˈstʌdɪ] 動 研究	**street** [strit] 名 街道	**oasis** [oˈesɪs] 名 綠洲
stump [stʌmp] 名 樹椿	**stretch** [strɛtʃ] 動 伸直	**analysis** [əˈnæləsɪs] 名 分析
stuff [stʌf] 名 東西	**strength** [strɛŋθ] 名 力氣	
	swim [swɪm] 動 游泳	
	swing [swɪŋ] 動 搖擺	

2. 各群組適用的自然發音規則

❶ stu
[stju]/[stʌ]

stu 通常唸成 [stju] 或 [stʌ]。
Ex. **student** 學生　　**stupid** 愚蠢的　　**studio** 工作室
　　study 研究　　**stump** 樹椿　　**stuff** 東西

❷ str
[str]

str 通常唸成 [str]。這裡的 [t] 要發近似 [tʃ] 的音。
Ex. **string** 細繩　　**straw** 稻草　　**stream** 小溪　　**street** 街道
　　stretch 伸直　　**strength** 力氣

❸ swi
[swɪ]

swi 在字首通常唸成 [swɪ]。
Ex. **swim** 游泳　　**swift** 快速的　　**swing** 搖擺　　**switch** 開關
* swi 有時亦唸成 [swaɪ]。Ex. **swipe** 刷（卡）　　**swine** 豬

❹ sis
[sɪs]

sis 在字尾通常唸成 [sɪs]。
Ex. **basis** 基礎　　**crisis** 危機　　**oasis** 綠洲　　**analysis** 分析

3. 選出正確的中文

swing ↓	studio ▼	stretch ↓	switch ▼	analysis ↓
1. 搖擺	學生	東西	開關	研究
2. 危機	力氣	伸直	樹椿	分析
3. 細繩	工作室	愚蠢的	街道	游泳

4. 請寫出正確的英文單字

研究	搖擺	街道	危機	學生	細繩
開關	樹椿	分析	力氣	基礎	稻草
愚蠢的	游泳	小溪	東西	伸直	綠洲
工作室					

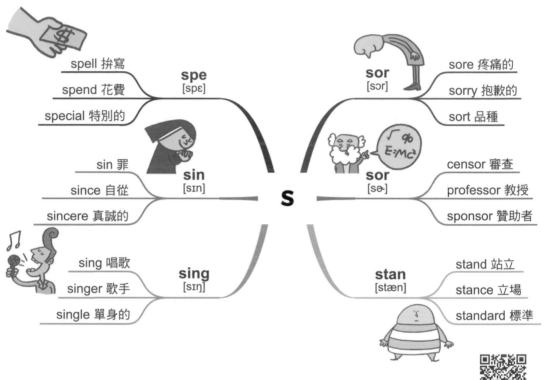

spell 拼寫	**spe** [spɛ]
spend 花費	
special 特別的	

sore 疼痛的	**sor** [sɔr]
sorry 抱歉的	
sort 品種	

sin 罪	**sin** [sɪn]
since 自從	
sincere 真誠的	

censor 審查	**sor** [sɚ]
professor 教授	
sponsor 贊助者	

S

sing 唱歌	**sing** [sɪŋ]
singer 歌手	
single 單身的	

stand 站立	**stan** [stæn]
stance 立場	
standard 標準	

1. 用跟讀的方式體會字母 S 的發音。

Unit_58.mp3

sore [sɔr] 形 疼痛的

sorry [ˈsɔrɪ] 形 抱歉的

sort [sɔrt] 名 品種

censor [ˈsɛnsɚ] 動 審查

professor [prəˈfɛsɚ] 名 教授

sponsor [ˈspɑnsɚ] 名 贊助者

stand [stænd] 動 站立

stance [stæns] 名 立場

standard [ˈstændɚd] 名 標準

sing [sɪŋ] 動 唱歌

singer [ˈsɪŋɚ] 名 歌手

single [ˈsɪŋgl̩] 形 單身的

sin [sɪn] 名 罪

since [sɪns] 介 自從

sincere [sɪnˈsɪr] 形 真誠的

spell [spɛl] 動 拼寫

spend [spɛnd] 動 花費

special [ˈspɛʃəl] 形 特別的

2. 各群組適用的自然發音規則

❶

sor
[sɔr]

sor 通常唸成 [sɔr]，在字尾（或輕音節）通常唸成 [sɚ]。
Ex. **sor**e 疼痛的　　**sor**ry 抱歉的　　**sor**t 品種　　cen**sor** 審查
profes**sor** 教授 spon**sor** 贊助者
* sore 亦可念成 [sor]，**sor**ry 亦可念成 [ˈsɑrɪ]

❷

stan
[stæn]

stan 通常唸成 [stæn]。
Ex. **stan**d 站立　　**stan**ce 立場　　**stan**dard 標準

❸

sin
[sɪn]

sin 通常唸成 [sɪn]。
Ex. **sin** 罪　　　**sin**ce 自從　　　**sin**cere 真誠的

❹

sing
[sɪŋ]

sing 通常唸成 [sɪŋ]。Ex. **sing** 唱歌　　　**sing**er 歌手
* ng 也可能發 [ŋg] 的音。Ex. **sing**le 單身的

❺

spe
[spɛ]

spe 後面接子音時，通常唸成 [spɛ]（位於重音節）。
Ex. **spe**ll 拼字　　　**spe**d 加速（speed 的過去式）
spend 花費　　　**spe**cial 特別的　　　**spe**cialty 特產

3. 選出正確的中文

spend	stance	sore	professor	sin
↓	▼	▼	▼	↓
1. 拼寫	標準	疼痛的	教授	歌手
2. 站立	立場	特別的	審查	罪
3. 花費	品種	抱歉的	贊助者	唱歌

4. 請寫出正確的英文單字

罪	審查	立場	疼痛的	單身的	標準
歌手	拼寫	贊助者	站立	抱歉的	特別的
自從	花費	品種	唱歌	真誠的	教授

用字母 T 串出的自然發音單字(1)

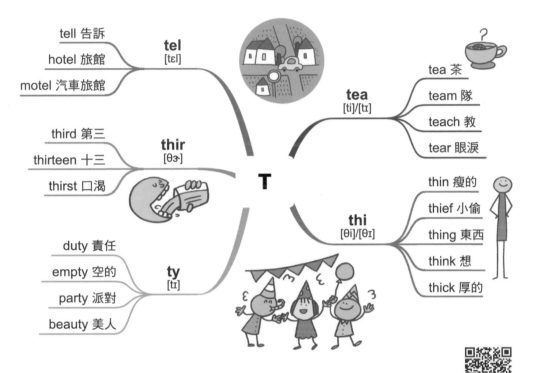

tell 告訴
hotel 旅館
motel 汽車旅館
tel [tɛl]

third 第三
thirteen 十三
thirst 口渴
thir [θɝ]

duty 責任
empty 空的
party 派對
beauty 美人
ty [tɪ]

T

tea 茶
team 隊
teach 教
tear 眼淚
tea [ti]/[tɪ]

thin 瘦的
thief 小偷
thing 東西
think 想
thick 厚的
thi [θi]/[θɪ]

|.用跟讀的方式體會字母 T 的發音。

Unit_59.mp3

tea [ti] 名 茶
team [tim] 名 隊
teach [titʃ] 動 教
tear [tɪr] 名 眼淚
thin [θɪn] 形 瘦的
thief [θif] 名 小偷
thing [θɪŋ] 名 東西
think [θɪŋk] 動 想

thick [θɪk] 形 厚的
duty ['djutɪ] 名 責任
empty ['ɛmptɪ] 形 空的
party ['partɪ] 名 派對
beauty ['bjutɪ] 名 美人
third [θɝd] 名 第三
thirteen ['θɝ͵tin] 名 十三

thirst [θɝst] 名 口渴
tell ['tɛl] 動 告訴
hotel [ho'tɛl] 名 旅館
motel [mo'tɛl] 名 汽車旅館

2. 各群組適用的自然發音規則

❶ **tea** [ti]
tea 通常唸成 [ti]。
Ex. **tea** 茶　　**team** 隊　　**teach** 教
* tea 有時念成 [tɪ]。Ex. **tear** 眼淚

---

❷ **thi** [θɪ]
thi 通常唸成 [θɪ]。
Ex. **thin** 瘦的　　**thing** 東西　　**thick** 厚的　　**think** 想
* thi 有時念成 [θi] 以及 [θaɪ]。
Ex. **thief** [θif] 小偷　　**thigh** [θaɪ] 大腿

---

❸ **ty** [tɪ]
ty 在字尾通常唸成 [tɪ]。
Ex. **duty** 責任　　**empty** 空的　　**party** 派對　　**beauty** 美人

---

❹ **thir** [θɝ]
thir 通常唸成 [θɝ]。
Ex. **third** 第三的　　**thirteen** 十三　　**thirst** 口渴

---

❺ **tel** [tɛl]
tel 通常唸成 [tɛl]。
Ex. **tell** 告訴　　**hotel** 旅館　　**motel** 汽車旅館

3. 選出正確的中文

thief ↓	third ▼	empty ↓	thirst ▼	duty ↓
1. 美人	第三	旅館	十三	老師
2. 教	瘦的	空的	隊	派對
3. 小偷	口渴	厚的	口渴	責任

4. 請寫出正確的英文單字

派對	東西	茶	旅館	十三	美人
-------	-------	-------	-------	-------	-------
隊	瘦的	空的	教	口渴	汽車旅館
-------	-------	-------	-------	-------	-------
厚的	眼淚	小偷	第三	責任	老師

60 用字母 T 串出的自然發音單字(2)

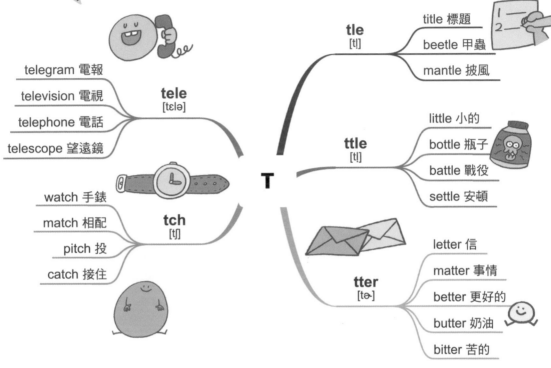

tle [tļ]
- title 標題
- beetle 甲蟲
- mantle 披風

tele [tɛlə]
- telegram 電報
- television 電視
- telephone 電話
- telescope 望遠鏡

ttle [tļ]
- little 小的
- bottle 瓶子
- battle 戰役
- settle 安頓

T

tch [tʃ]
- watch 手錶
- match 相配
- pitch 投
- catch 接住

tter [tɚ]
- letter 信
- matter 事情
- better 更好的
- butter 奶油
- bitter 苦的

Ⅰ. 用跟讀的方式體會字母 T 的發音。

Unit_60.mp3

title [ˈtaɪtļ] 名 標題	matter [ˈmætɚ] 名 事情	telegram [ˈtɛləgræm] 名 電報
beetle [ˈbitļ] 名 甲蟲	better [ˈbɛtɚ] 形 更好的	television [ˈtɛləvɪʒn] 名 電視
mantle [ˈmæntļ] 名 披風	butter [ˈbʌtɚ] 名 奶油	telephone [ˈtɛləfon] 名 電話
little [ˈlɪtļ] 形 小的	bitter [ˈbɪtɚ] 形 苦的	telescope [ˈtɛləskop] 名 望遠鏡
bottle [ˈbɑtļ] 名 瓶子	watch [wɑtʃ] 名 手錶	
battle [ˈbætļ] 名 戰役	match [mætʃ] 動 相配	
settle [ˈsɛtļ] 動 安頓	pitch [pɪtʃ] 動 投	
letter [ˈlɛtɚ] 名 信	catch [kætʃ] 動 接住	

2. 各群組適用的自然發音規則

❶ (t)tle
[tl]

(t)tle 在字尾通常唸成 [tl]。
Ex. **title** 標題　　**beetle** 甲蟲　　**mantle** 披風　　**little** 小的
bottle 瓶子　　**battle** 戰役　　**settle** 安頓

---

❷ tter
[tə˞]

tter 在字尾通常唸成 [tə˞]。
Ex. **letter** 信　　**matter** 事情　　**better** 更好的　　**butter** 奶油
bitter 苦的

---

❸ tch
[tʃ]

tch 在字尾通常唸成 [tʃ]，字母 t 不發音。
Ex. **watch** 手錶　　**match** 相配　　**pitch** 投/擲　　**catch** 接住
snatch 抓住

---

❹ tele
[tɛlə]

tele 通常唸成 [tɛlə]。
Ex. **telegram** 電報　　**television** 電視　　**telephone** 電話
telescope 望遠鏡

3. 選出正確的中文

title ↓	letter ▼	telephone ↓	match ▽	bottle ↓
1. 甲蟲	披風	電視	接住	瓶子
2. 標題	奶油	電話	投	戰役
3. 事情	信	電報	相配	小的

4. 請寫出正確的英文單字

更好的	信	小的	奶油	電視	電話
投	標題	安頓	瓶子	甲蟲	望遠鏡
接住	披風	電報	相配	戰役	苦的
手錶	事情				

61 用字母 T 串出的自然發音單字(3)

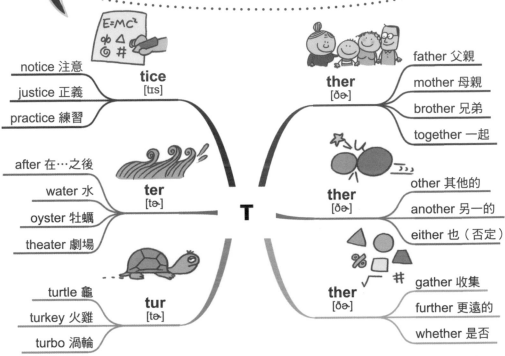

notice 注意
justice 正義
practice 練習

tice
[tɪs]

ther
[ðɚ]
father 父親
mother 母親
brother 兄弟
together 一起

after 在…之後
water 水
oyster 牡蠣
theater 劇場

ter
[tɚ]

ther
[ðɚ]
other 其他的
another 另一的
either 也（否定）

T

turtle 龜
turkey 火雞
turbo 渦輪

tur
[tɚ]

ther
[ðɚ]
gather 收集
further 更遠的
whether 是否

Ⅰ.用跟讀的方式體會字母 T 的發音。

Unit_61.mp3

father [ˈfɑðɚ] 名 父親
mother [ˈmʌðɚ] 名 母親
brother [ˈbrʌðɚ] 名 兄弟
together [təˈgɛðɚ] 副 一起
other [ˈʌðɚ] 形 其他的
another [əˈnʌðɚ] 形 另一的
either [ˈiðɚ] 副 也（否定）

gather [ˈgæðɚ] 動 收集
further [ˈfɝðɚ] 形 更遠的
whether [ˈwɛðɚ] 連 是否
turtle [ˈtɝtl] 名 龜
turkey [ˈtɝki] 名 火雞
turbo [ˈtɝbəʊ] 名 渦輪
after [ˈæftɚ] 介 在…之後

water [ˈwɔtɚ] 名 水
oyster [ˈɔɪstɚ] 名 牡蠣
theater [ˈθɪətɚ] 名 劇場
notice [ˈnotɪs] 動 注意
justice [ˈdʒʌstɪs] 名 正義
practice [ˈpræktɪs] 動 練習

2. 各群組適用的自然發音規則

❶ **ther** [ðɚ]

ther 在字尾通常唸成 [ðɚ]。

Ex. father 父親　　mother 母親　　brother 兄弟
together 一起　　other 其他的　　another 另一的
either 也（否定）　　gather 收集　　further 更遠的
whether 是否

❷ **tur** [tɚ]

tur 在字首或重音節通常唸成 [tɚ]。

Ex. turtle 龜　　turkey 火雞　　turbo 渦輪

❸ **ter** [tɚ]

ter 在字尾或輕音節通常唸成 [tɚ]。

Ex. after 在…之後　　water 水　　oyster 牡蠣　　theater 劇場

❹ **tice** [tɪs]

tice 在字尾通常唸成 [tɪs]。

Ex. notice 注意　　justice 正義　　practice 練習

3. 選出正確的中文

turkey	brother	notice	justice	together
↓	▼	↓	▼	↓
1. 牡蠣	父親	練習	正義	其他的
2. 火雞	兄弟	更遠的	是否	收集
3. 龜	母親	注意	劇場	一起

4. 請寫出正確的英文單字

收集	兄弟	劇場	正義	父親	是否
牡蠣	其他的	更遠的	渦輪	練習	一起
在…之後	另一的	火雞	注意	母親	也（否定）
水	龜				

用字母 T 串出的自然發音單字(4)

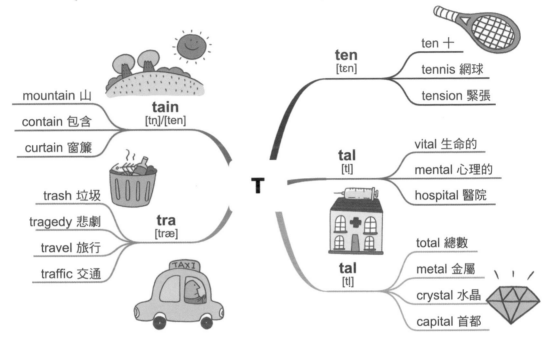

ten [tɛn]
- ten 十
- tennis 網球
- tension 緊張

tain [tṇ]/[ten]
- mountain 山
- contain 包含
- curtain 窗簾

tra [træ]
- trash 垃圾
- tragedy 悲劇
- travel 旅行
- traffic 交通

T

tal [tḷ]
- vital 生命的
- mental 心理的
- hospital 醫院

tal [tḷ]
- total 總數
- metal 金屬
- crystal 水晶
- capital 首都

1. 用跟讀的方式體會字母 T 的發音。

Unit_62.mp3

ten [tɛn] 名 十

tennis [ˈtɛnɪs] 名 網球

tension [ˈtɛnʃən] 名 緊張

vital [ˈvaɪtḷ] 形 生命的

mental [ˈmɛntḷ] 形 心理的

hospital [ˈhɑspɪtḷ] 名 醫院

total [ˈtotḷ] 名 總數

metal [ˈmɛtḷ] 名 金屬

crystal [ˈkrɪstḷ] 名 水晶

capital [ˈkæpɪtḷ] 名 首都

trash [træʃ] 名 垃圾

tragedy [ˈtrædʒədɪ] 名 悲劇

travel [ˈtrævl] 動 旅行

traffic [ˈtræfɪk] 名 交通

mountain [ˈmaʊntṇ] 名 山

contain [kənˈten] 動 包含

curtain [ˈkɝtṇ] 名 窗簾

2. 各群組適用的自然發音規則

❶

ten
[tɛn]

ten 在單音／重音節，通常唸成 [tɛn]。
Ex. **ten** 十　　**ten**nis 網球　　**ten**sion 緊張

❷

tal
[tl̩]

tal 在字尾或輕音節，通常唸成 [tl̩]。
Ex. vi**tal** 生命的　　men**tal** 心理的　　hospi**tal** 醫院
　　to**tal** 總數　　me**tal** 金屬　　capi**tal** 首都　　crys**tal** 水晶

❸

tra
[træ]

tra 在單音／重音節通常唸成 [træ]。
Ex. **tra**sh 垃圾　　**tra**vel 旅行　　**tra**ffic 交通
* 當字母 a 遇到「a+子音+e」的組合時，tra 也可能唸成 [tre]。
Ex. **tra**ce 痕跡　　**tra**de 貿易

❹

tain
[tn̩]/[ten]

tain 在非重音節，通常唸成 [tn̩]。
Ex. moun**tain** 山　　cur**tain** 窗簾
* tain 在重音節，通常唸成 [ten]。
Ex. at**tain** 獲得　　con**tain** 包含　　enter**tain** 娛樂
　　main**tain** 維修　　ob**tain** 取得　　per**tain** 附屬
　　re**tain** 留住　　sus**tain** 維持

3. 選出正確的中文

travel ↓	tension ▼	hospital ↓	capital ▼	vital ↓
1. 痕跡	緊張	金屬	首都	包含
2. 交通	網球	醫院	十	心理的
3. 旅行	垃圾	水晶	窗簾	生命的

4. 請寫出正確的英文單字

旅行	痕跡	緊張	包含	心理的	總數
--------	--------	--------	--------	--------	--------
醫院	交通	首都	十	山	金屬
--------	--------	--------	--------	--------	--------
生命的	水晶	窗簾	網球	垃圾	

63 用字母 T 串出的 自然發音單字(5)

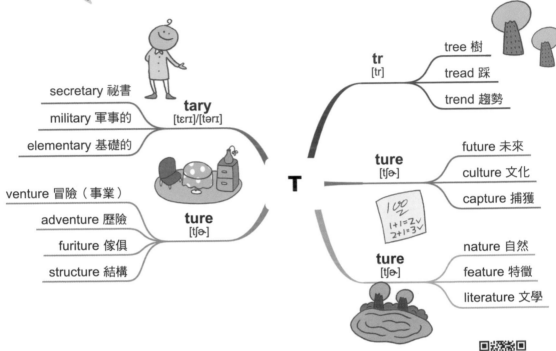

tr [tr]
- tree 樹
- tread 踩
- trend 趨勢

tary [tɛrɪ]/[tərɪ]
- secretary 祕書
- military 軍事的
- elementary 基礎的

ture [tʃɚ]
- future 未來
- culture 文化
- capture 捕獲

ture [tʃɚ]
- venture 冒險（事業）
- adventure 歷險
- furiture 傢俱
- structure 結構

ture [tʃɚ]
- nature 自然
- feature 特徵
- literature 文學

l. 用跟讀的方式體會字母 T 的發音。

Unit_63.mp3

tree [tri] 名 樹
tread [trɛd] 動 踩
trend [trɛnd] 名 趨勢
future [ˈfjutʃɚ] 名 未來
culture [ˈkʌltʃɚ] 名 文化
capture [ˈkæptʃɚ] 動 捕獲
nature [ˈnetʃɚ] 名 自然

feature [ˈfitʃɚ] 名 特徵
literature [ˈlɪtərətʃɚ] 名 文學
venture [ˈvɛntʃɚ] 名 冒險（事業）
adventure [ədˈvɛntʃɚ] 名 歷險
furniture [ˈfɚnɪtʃɚ] 名 傢俱

structure [ˈstrʌktʃɚ] 名 結構
secretary [ˈsɛkrəterɪ] 名 祕書
military [ˈmɪləterɪ] 形 軍事的
elementary [ˌɛləˈmɛntərɪ] 形 基礎的

2. 各群組適用的自然發音規則

❶ tr [tr]

tr 的發音是 [tr]。其中 [t] 要發近似 [tʃ] 的音。

Ex. **tr**ee 樹　　**tr**ead 踩　　**tr**end 趨勢

❷ ture [tʃɚ]

在字尾的 ture 通常唸成 [tʃɚ]。

Ex. fu**ture** 未來　　cul**ture** 文化　　cap**ture** 捕獲
na**ture** 自然　　fea**ture** 特徵　　litera**ture** 文學
ven**ture** 冒險　　adven**ture** 冒險活動　　furni**ture** 傢俱
struc**ture** 結構

* ture 有時會例外唸成 [tjur]（[t] 要發近似 [tʃ] 的音。）。

Ex. ma**ture** 成熟的

❸ tary [tɛrɪ]

在字尾的 tary 通常唸成 [tɛrɪ]。

Ex. secre**tary** 祕書　　mili**tary** 軍事的

* tary 有時會唸成 [tərɪ]。

Ex. elemen**tary** 基礎的　　documen**tary** 紀錄片

3. 選出正確的中文

feature ↓	venture ▼	tread ↓	culture ▼	military ↓
1. 特徵	未來	踩	文化	祕書
2. 文學	基礎的	捕獲	自然	軍事的
3. 歷險	冒險（事業）	趨勢	傢俱	結構

4. 請寫出正確的英文單字

文化	特徵	軍事的	冒險（事業）	趨勢	結構
-----	-----	-----	-----	-----	-----
傢俱	未來	基礎的	樹	自然	踩
-----	-----	-----	-----	-----	-----
歷險	捕獲	祕書	文學		

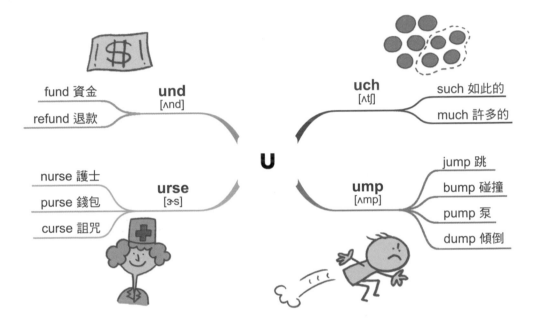

| fund 資金 | **und** [ʌnd] | | **uch** [ʌtʃ] | such 如此的 |
| refund 退款 | | | | much 許多的 |

U

nurse 護士	**urse** [ɝs]		**ump** [ʌmp]	jump 跳
purse 錢包				bump 碰撞
curse 詛咒				pump 泵
				dump 傾倒

Ⅰ.用跟讀的方式體會字母 U 的發音。

Unit_64.mp3

such [sʌtʃ] 形 如此的	dump [dʌmp] 動 傾倒	refund [rɪˈfʌnd] 動 退款
much [mʌtʃ] 形 許多的	nurse [nɝs] 名 護士	
jump [dʒʌmp] 動 跳	purse [pɝs] 名 錢包	
bump [bʌmp] 動 碰撞	curse [kɝs] 名 詛咒	
pump [pʌmp] 名 泵	fund [fʌnd] 名 資金	

2. 各群組適用的自然發音規則

❶ uch [ʌtʃ]
uch 通常唸成 [ʌtʃ]。
Ex. **such** 如此的　　**much** 許多的

❷ ump [ʌmp]
ump 通常唸成 [ʌmp]。
Ex. **jump** 跳　　**bump** 碰撞　　**pump** 泵　　**dump** 傾倒
trumpet 喇叭

❸ urse [ɝs]
urse 通常唸成 [ɝs]。
Ex. **nurse** 護士　　**purse** 錢包　　**curse** 詛咒

❹ und [ʌnd]
und 通常唸成 [ʌnd]。
Ex. **under** 在…下方　　**fund** 資金　　**refund** 退款
bundle 一綑

3. 選出正確的中文

nurse	jump	much	refund	purse
↓	▼	↓	▼	↓
1. 泵	跳	許多的	聲音	如此的
2. 錢包	碰撞	資金	退款	許多的
3. 護士	詛咒	傾倒	碰撞	錢包

4. 請寫出正確的英文單字

碰撞	傾倒	跳	錢包	泵	退還

資金	許多的	詛咒	護士	如此的	

65 用字母 U 串出的自然發音單字(2)

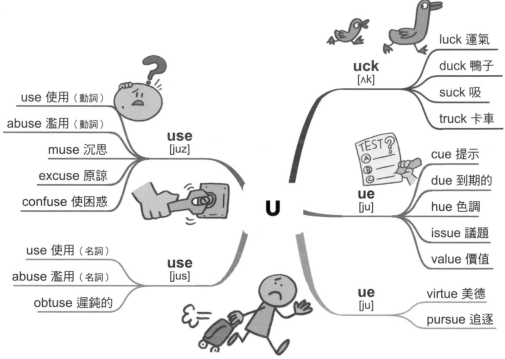

use [juz]
- use 使用（動詞）
- abuse 濫用（動詞）
- muse 沉思
- excuse 原諒
- confuse 使困惑

use [jus]
- use 使用（名詞）
- abuse 濫用（名詞）
- obtuse 遲鈍的

U

uck [ʌk]
- luck 運氣
- duck 鴨子
- suck 吸
- truck 卡車

ue [ju]
- cue 提示
- due 到期的
- hue 色調
- issue 議題
- value 價值

ue [ju]
- virtue 美德
- pursue 追逐

1. 用跟讀的方式體會字母 U 的發音。

Unit_65.mp3

luck [lʌk] 名 運氣
duck [dʌk] 名 鴨子
suck [sʌk] 動 吸
truck [trʌk] 名 卡車
cue [kju] 名 提示
due [dju] 形 到期的
hue [hju] 名 色調
issue [ˈɪʃju] 名 議題

value [ˈvælju] 名 價值
virtue [ˈvɝtʃu] 名 美德
pursue [pɚˈsu] 動 追逐
use [jus] 名 使用
abuse [əˈbjus] 名 濫用
obtuse [əbˈtjus] 形 遲鈍的
use [juz] 動 使用

abuse [əˈbjuz] 動 濫用
muse [mjuz] 動 沉思
excuse [ɪkˈskjuz] 動 原諒
confuse [kənˈfjuz] 動 使困惑

2. 各群組適用的自然發音規則

❶ uck
[ʌk]

uck 通常唸成 [ʌk]。
Ex. **luck** 運氣　**duck** 鴨子　**suck** 吸　**truck** 卡車

❷ ue
[ju]

ue 通常唸成 [ju]。
Ex. **cue** 提示　**due** 到期的　**hue** 色調　**issue** 議題
　　value 價值
* ue 有時唸成 [u] 的音。Ex. **pursue** 追逐　**virtue** 美德

❸ use
[juz]

use 通常唸成 [juz]。
Ex. **use** 使用　**muse** 沉思　**excuse** 原諒　**confuse** 使困惑
* 字尾 use 中的 –se 有時會念成無聲的 [s]，通常是當名詞或形容詞時。
Ex. **use** 使用　**abuse** 濫用（名詞）　**obtuse** 遲鈍的

3. 選出正確的中文

duck	value	reuse	cue	suck
↓	▼	↓	▼	↓
1. 鴨子	運氣	重新使用	濫用	使用
2. 卡車	價值	使困惑	遲鈍的	追趕
3. 美德	問題	原諒	提示	吸

4. 請寫出正確的英文單字

問題	原諒	美德	運氣	濫用	使困惑
--------	--------	--------	--------	--------	--------
鴨子	追趕	卡車	價值	遲鈍的	提示
--------	--------	--------	--------	--------	--------
使用	吸	重新使用			

TEST?
Ⓐ
Ⓑ
Ⓒ

66 用字母 V 串出的自然發音單字

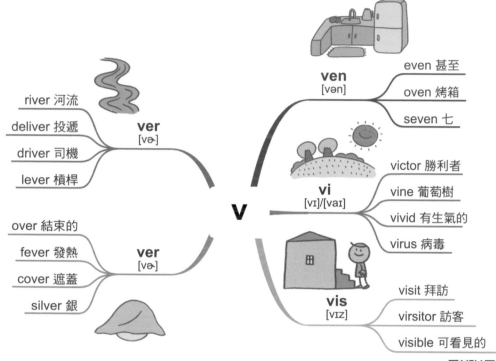

ver [vɚ]
- river 河流
- deliver 投遞
- driver 司機
- lever 槓桿

ven [vən]
- even 甚至
- oven 烤箱
- seven 七

vi [vɪ]/[vaɪ]
- victor 勝利者
- vine 葡萄樹
- vivid 有生氣的
- virus 病毒

ver [vɚ]
- over 結束的
- fever 發熱
- cover 遮蓋
- silver 銀

vis [vɪz]
- visit 拜訪
- virsitor 訪客
- visible 可看見的

1. 用跟讀的方式體會字母 V 的發音。

Unit_66.mp3

even [ˈivən] 副 甚至
oven [ˈʌvən] 名 烤箱
seven [ˈsɛvən] 名 七
victor [ˈvɪktɚ] 名 勝利者
vine [vaɪn] 名 葡萄樹
vivid [ˈvɪvɪd] 形 有生氣的

virus [ˈvaɪrəs] 名 病毒
visit [ˈvɪzɪt] 動 拜訪
visitor [ˈvɪzɪtɚ] 名 訪客
visible [ˈvɪzəbl] 形 可看見的
over [ˈovɚ] 形 結束的
fever [ˈfivɚ] 名 發熱

cover [ˈkʌvɚ] 動 遮蓋
silver [ˈsɪlvɚ] 名 銀
river [ˈrɪvɚ] 名 河流
deliver [dɪˈlɪvɚ] 動 投遞
driver [ˈdraɪvɚ] 名 司機
lever [ˈlivɚ] 名 槓桿

2. 各群組適用的自然發音規則

❶ ven
[vən]

ven 在字尾通常唸成 [vən]。
Ex. **even** 甚至　　**oven** 烤箱　　**seven** 七

❷ vi
[vɪ]

vi 通常唸成 [vɪ]。
Ex. **visit** 拜訪　　　　**visitor** 訪客　　　**vivid** 有生氣的
　　visible 可看見的　**victor** 勝利者
* vi 有時會唸成 [vaɪ]。Ex. **vine** 葡萄樹　　**virus** 病毒
* iew 這個字母組的發音，等同 ew，發 [ju] 的音，所以 view 唸成 [vju]。

❸ ver
[və]

ver 在字尾通常唸成 [və]。
Ex. **over** 結束的　　**fever** 發燒　　**cover** 遮蓋　　**silver** 銀
　　river 河流　　**deliver** 投遞　**driver** 司機　**lever** 槓桿

3. 選出正確的中文

driver ↓	visitor ▼	silver ↓	visible ▼	view ↓
1. 投遞	遮蓋	銀	可看見的	發熱
2. 司機	訪客	病毒	有生氣的	葡萄樹
3. 河流	拜訪	烤箱	結束的	視野

4. 請寫出正確的英文單字

發熱	視野	河流	訪客	烤箱	司機
-------	-------	-------	-------	-------	-------
葡萄樹	拜訪	槓桿	病毒	有生氣的	銀
-------	-------	-------	-------	-------	-------
結束的	遮蓋	甚至	可看見的	七	投遞
-------	-------	-------	-------	-------	-------

67 用字母 W 串出的 自然發音單字(1)

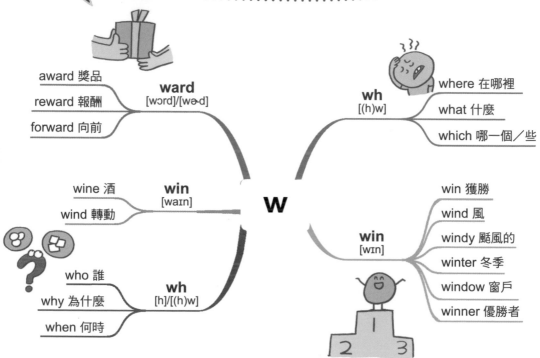

award 獎品
reward 報酬
forward 向前

ward
[wɔrd]/[wəd]

wine 酒
wind 轉動

win
[waɪn]

who 誰
why 為什麼
when 何時

wh
[h]/[(h)w]

W

wh
[(h)w]

where 在哪裡
what 什麼
which 哪一個／些

win
[wɪn]

win 獲勝
wind 風
windy 颱風的
winter 冬季
window 窗戶
winner 優勝者

Unit_67.mp3

l.用跟讀的方式體會字母 W 的發音。

where [(h)wɛr]
副 在哪裡
what [(h)wɑt] 代 什麼
which [(h)wɪtʃ]
代 哪一個／些
win [wɪn] 動 獲勝
wind [wɪnd] 名 風

windy [ˈwɪndɪ]
形 颱風的
winter [ˈwɪntɚ] 名 冬季
window [ˈwɪndo]
名 窗戶
winner [ˈwɪnɚ]
名 優勝者
who [hu] 代 誰

why [(h)waɪ] 副 為什麼
when [(h)wɛn] 副 何時
wine [waɪn] 名 酒
wind [waɪnd] 動 轉動
award [əˈwɔrd] 名 獎品
reward [rɪˈwɔrd] 動 報酬
forward [ˈfɔrwəd]
副 向前

2. 各群組適用的自然發音規則

❶

wh
[(h)w]

wh 通常唸成 [(h)w]。

Ex. **why** 為什麼　　**when** 何時　　**where** 在哪裡
　　what 什麼　　**which** 哪一個／些

* wh 通常有兩種唸法：[hw] 與 [w]（h 不發音），但 who 只有
[hu] 的發音。

---

❷

win
[wɪn]

win 通常唸成 [wɪn]。

Ex. **win** 獲勝　　**winner** 獲勝者　　**wind** 風　　**windy** 颱風的
　　window 窗戶　　**winter** 冬季

* win 有時會唸成 [waɪn]。Ex. **wine** 酒　　**wind** 轉動

* ng 以及「nk 的 n」發 [ŋ] 的音，因此 wing（翅膀）要唸成
[wɪŋ]，wink（眨眼）要唸成 [wɪŋk]。

---

❸ **ward**
[wɔrd]

ward 通常唸成 [wɔrd]。

Ex. **award** 獎品　　**reward** 報酬

* ward 有時會唸成 [wɚd]。Ex. **forward** 向前

3. 選出正確的中文

winner ↓	wind ▼	reward ↓	winter ▼	wing ↓
1. 颱風的	風	報酬	窗戶	為什麼
2. 窗戶	什麼	獲勝	冬季	何時
3. 優勝者	誰	向前	獎品	翅膀

4. 請寫出正確的英文單字

何時	窗戶	報酬	什麼	獲勝	優勝者
冬季	在哪裡	向前	翅膀	誰	風
為什麼	獎品	颱風的	哪一個／些		

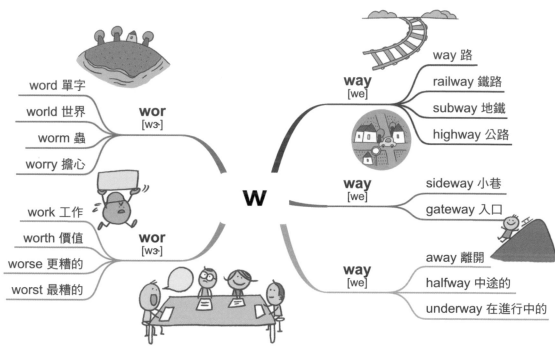

word 單字
world 世界
worm 蟲
worry 擔心

wor [wɝ]

way 路
railway 鐵路
subway 地鐵
highway 公路

way [we]

work 工作
worth 價值
worse 更糟的
worst 最糟的

wor [wɝ]

W

way [we]

sideway 小巷
gateway 入口

way [we]

away 離開
halfway 中途的
underway 在進行中的

Ⅰ. 用跟讀的方式體會字母 W 的發音。

Unit_68.mp3

way [we] 名 路	**gateway** [ˈgetˌwe] 名 入口	**worth** [wɝθ] 名 價值
railway [ˈrelˌwe] 名 鐵路	**away** [əˈwe] 副 離開	**worse** [wɝs] 形 更糟的
subway [ˈsʌbˌwe] 名 地鐵	**halfway** [ˈhæfˈwe] 形 中途的	**worst** [wɝst] 形 最糟的
highway [ˈhaɪˌwe] 名 公路	**underway** [ˈʌndəˌwe] 形 在進行中的	**word** [wɝd] 名 單字
sideway [ˈsaɪdˌwe] 名 小巷	**work** [wɝk] 名 工作	**world** [wɝld] 名 世界
		worm [wɝm] 名 蟲
		worry [ˈwɝɪ] 動 擔心

2.各群組適用的自然發音規則

❶

way
[we]

way 通常唸成 [we]。

Ex. **way** 路　　　　**rail**way 鐵路　　　　**sub**way 地下鐵
　　highway 公路　　**side**way 小巷　　**gate**way 入口處
　　away 離開　　　**half**way 中途的　　**under**way 在進行中的

❷

wor
[wɚ]

wor 通常唸成 [wɚ]。

Ex. **work** 工作　　**worth** 價值　　**worse** 更差的
　　worst 最差的　　**word** 單字　　**world** 世界
　　worm 蟲　　　**worry** 擔心

3.選出正確的中文

subway	worth	worm	halfway	gateway
↓	▼	↓	▼	↓
1. 地鐵	工作	世界	小巷	鐵路
2. 公路	擔心	單字	中途的	入口
3. 小巷	價值	蟲	在進行中的	離開

4.請寫出正確的英文單字

鐵路	世界	價值	入口	中途的	擔心
----	----	----	----	----	----
工作	公路	單字	離開	最糟的	地鐵
----	----	----	----	----	----
更糟的	路	蟲	小巷	在進行中的	
----	----	----	----	----	

69 用字母 Y/Z 串出的自然發音單字

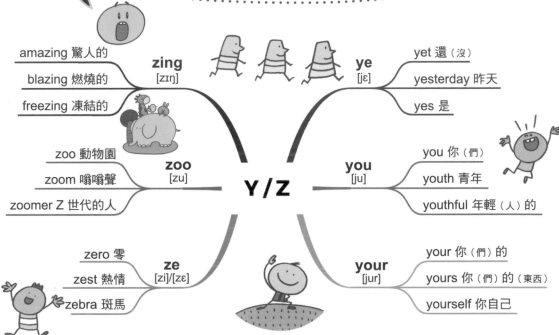

amazing 驚人的
blazing 燃燒的
freezing 凍結的

zing [zɪŋ]

ye [jɛ]

yet 還（沒）
yesterday 昨天
yes 是

zoo 動物園
zoom 嗡嗡聲
zoomer Z 世代的人

zoo [zu]

Y / Z

you [ju]

you 你（們）
youth 青年
youthful 年輕（人）的

zero 零
zest 熱情
zebra 斑馬

ze [zi]/[zɛ]

your [jur]

your 你（們）的
yours 你（們）的（東西）
yourself 你自己

1. 用跟讀的方式體會字母 Y/Z 的發音。

Unit_69.mp3

yet [jɛt] 副 還（沒）

yesterday ['jɛstɚ-de] 名 昨天

yes [jɛs] 副 是

you [ju] 代 你（們）

youth [juθ] 名 青年

youthful ['juθfəl] 形 年輕（人）的

your [jur] 形 你（們）的

yours [jurz] 代 你（們）的（東西）

yourself [jur'sɛlf] 代 你自己

zero ['zɪro] 名 零

zest [zɛst] 名 熱情

zebra ['zibrə] 名 斑馬

zoo [zu] 名 動物園

zoom [zum] 名 嗡嗡聲

zoomer ['zumɚ] 名 Z 世代的人

amazing [ə'mezɪŋ] 形 驚人的

blazing ['blezɪŋ] 形 燃燒的

freezing ['frizɪŋ] 形 凍結的

2. 各群組適用的自然發音規則

❶ ye [jɛ]

ye 通常唸成 [jɛ]。
Ex. **yet** 還（沒）　　**yes** 是　　**yesterday** 昨天

❷ you [ju]

you 通常唸成 [ju]。
Ex. **you** 你（們）　**youth** 青年　　**youthful** 年輕（人）的
your 你（們）的　　**yours** 你（們）的（東西）
yourself 你自己

❸ ze [zi]

ze 通常唸成 [zi] 或 [zɪ]。
Ex. **zero** 零　　**zebra** 斑馬　　**zeal** 熱情
＊ ze 有時會唸成 [zɛ]。Ex. **zen** 禪　　**zest** 熱情

❹ zoo [zu]

zoo 通常唸成 [zu]。
Ex. **zoo** 動物園　　**zoom** 嗡嗡聲　　**zoomer** Z 世代的人

❺ zing [zɪŋ]

zing 通常唸成 [zɪŋ]。
Ex. **amazing** 驚人的　　**blazing** 燃燒的　　**freezing** 凍結的

3. 選出正確的中文

zoomer	youth	zebra	amazing	yes
↓	▼	↓	▼	↓
1. 斑馬	熱情	疾行	驚人的	是
2. 動物園	凍結的	斑馬	年輕（人）的	你自己
3. Z 世代的人	青春	零	燃燒的	還（沒）

4. 請寫出正確的英文單字

你自己	嗡嗡聲	青春	斑馬	驚人的	你（們）
-----------	-----------	-----------	-----------	-----------	-----------
你（們）的	熱情	燃燒的	年輕（人）的	Z 世代的人	是
-----------	-----------	-----------	-----------	-----------	-----------
昨天	動物園	你（們）的（東西）	還（沒）	凍結的	零
-----------	-----------	-----------	-----------	-----------	-----------

01 用字母 A 串出的 自然發音單字（1）

3. 23212
4. thank / small / fall / talk / hall / bad / call / sad / all / tall / chalk / bank / ball / wall / walk / tank / dad

02 用字母 A 串出的 自然發音單字（2）

3. 13221
4. lake / mistake / cake / snake / raid / wake / take / air / maid / aid / pair / afraid / chair / bake / fair / make / stair / hair

03 用字母 A 串出的 自然發音單字（3）

3. 11112
4. name / cause / hand / guard / because / yard / pause / hard / game / brand / fame / band / sand / and / blame / card

04 用字母 A 串出的 自然發音單字（4）

3. 33122
4. spark / tape / yarn / alarm / darn / grape / armrest / armor / farm / barn / harm / arm / shape / bark / park / dark / army / escape

05 用字母 A 串出的 自然發音單字（5）

3. 12133
4. pass / task / wash / crash / cave / dash / mass / mask / ask / save / cash / ass / grass / flash / have / ash / wave

06 用字母 A 串出的 自然發音單字（6）

3. 12131
4. surface / pack / attack / track / race / crack / place / rack / face / snack / grace / Jack / back / black / tack / space / feedback

07 用字母 A 串出的
自然發音單字（７）

3. 12313
4. fade / navy / date / balance / cavy / entrance / skate / wavy / handy / advance / dance / fate / state / brandy / shade / distance / trade / sandy

08 用字母 A 串出的
自然發音單字（8）

3. 33211
4. anyway / scary / secondary / anything / any / salary / February / many / anywhere / necessary / company / anytime / library / accompany / anymore

09 用字母 A 串出的
自然發音單字（9）

3. 21133
4. strange / orange / contrast / constant / giant / want / last / elephant / ant / fast / important / range / forecast / arrange / past

10 用字母 A 串出的
自然發音單字（１０）

3. 21332
4. reasonable / explain / main / cable / reliable / train / gain / able / comfortable / domain / pain / available / complain / valuable / rain / enable / again / brain

11 用字母 B 串出的
自然發音單字（１）

3. 12321
4. brave / basic / bye / brake / base / lobby / basin / brace / bit / by / bask / baby / bass / rabbit / habit / bypass / ruby / hobby

12 用字母 B 串出的
自然發音單字（2）

3. 23112
4. rubber / suitable / noble / remember / fiber / number / bubble / possible / saber / October / double / stable / sensible / terrible / September / table / humble / trouble

13 用字母 C 串出的 自然發音單字（1）

3. 13113
4. challenge / coward / cow / carpet / cowbell / car / carry / carve / candle / charge / carrot / candy / chat / cancel / cartoon / can / care / cowboy

14 用字母 C 串出的 自然發音單字（2）

3. 22113
4. record / chance / rocket / overcome / recycle / change / packet / motorcycle / cycle / channel / income / become / outcome / accord / cord / pocket / welcome / ticket / jacket / bucket

15 用字母 C 串出的 自然發音單字（3）

3. 13221
4. commission / circle / spiracle / complete / locker / charge / bicycle / charming / comment / commend / article / sticker / charm / miracle / success / cracker / process / princess / uncle

16 用字母 D 串出的 自然發音單字（1）

3. 13313
4. ready / edge / handle / drum / judge / needle / knowledge / melody / wedge / steady / lady / middle / draw / drop / dry / noodle / body

17 用字母 D 串出的 自然發音單字（2）

3. 23131
4. today / Saturday / someday / Friday / everyday / weekday / Wednesday / birthday / holiday / Thursday / Tuesday / midday / Monday / workday

18 用字母 D 串出的 自然發音單字（3）

3. 22123
4. order / thunder / consider / powder / death / shoulder / under / elder / spider / leader / deaf / dead / murder / wonder / tender

19 用字母 E 串出的 自然發音單字（1）

3. 12212
4. sweep / sleep / succeed / meet / bleed / feet / weed / feed / need / greet / deep / keep / sweet / seed / greed / creep / indeed / speed / search / jeep / research

20 用字母 E 串出的 自然發音單字（2）

3. 33112
4. jean / ahead / spread / clever / however / smell / hell / clean / cell / bell / lead / head / tell / bean / bread / well / fell / ever / sell

21 用字母 E 串出的 自然發音單字（3）

3. 32311
4. dear / near / cheer / freight / volunteer / tear / career / shear / wear / beer / weight / bear / gear / engineer / fear / clear / eight / deer / ear / hear / year

22 用字母 E 串出的 自然發音單字（4）

3. 33221
4. week / streak / bleak / heel / treat / eat / speak / seek / cheat / steel / Greek / peak / cheek / seat / heat / meat / beat / wheel / feel

23 用字母 E 串出的 自然發音單字（5）

3. 11223
4. battery / extend / friend / scenery / depend / tend / intend / press / pretend / attend / stress / end / contend / send / bakery / suspend / blend / express / lend

24 用字母 E 串出的 自然發音單字 (6)

3. 31122
4. between / sneeze / earn / answer / feather / been / weather / drawer / green / breeze / learn / seen / peen / offer / freeze / fewer / screen / teen / leather / queen

25 用字母 F 串出的 自然發音單字 (1)

3. 21332
4. forget / fact / forty / forgive / fat / fail / for / faith / forest / factory / force / form / factor / fair / favor

26 用字母 F 串出的 自然發音單字 (2)

3. 22311
4. wonderful / useful / final / awful / colorful / helpful / grateful / finger / finish / hopeful / finally / graceful / powerful / cheerful / beautiful / careful / fine / fin

27 用字母 G 串出的 自然發音單字

3. 13233
4. grandfather / grandmother / struggle / grade / triangle / gray / goal / single / target / go / juggle / grab / gold / golf / eagle / jungle / angle / get / grand

28 用字母 H 串出的 自然發音單字 (1)

3. 22111
4. hate / hold / homely / hat / holy / hole / ham / high / hammer / home / hope / hatch / hi / hide / hamster

29 用字母 H 串出的 自然發音單字 (2)

3. 32211
4. horde / hundred / heavy / human / hurt / hunt / healthy / hurry / hunger / hunter / health / humor / hurdle / hungry / horn / horror / huge / heaven

30 用字母 I 串出的 自然發音單字（1）

3. 12312
4. find / kiss / will / nine / ill / fill / kill / mine / hill / bliss / bill / mind / wine / still / pine / Swiss / till / kind

31 用字母 I 串出的 自然發音單字（2）

3. 11233
4. receive / sink / dive / active / link / alive / think / objective / ink / live / five / sensitive / drive / drink / give

32 用字母 I 串出的 自然發音單字（3）

3. 32312
4. nice / rice / office / vice / life / knife / police / ice / wife / juice / mice / university / service / activity / price / city / spice / advice / device / identity

33 用字母 I 串出的 自然發音單字（4）

3. 21321
4. night / sick / quick / might / tight / chick / pick / rick / stick / sight / tick / right / fight / brick / trick / bright / kick / light

34 用字母 I 串出的 自然發音單字（5）

3. 12321
4. site / clime / write / prime / quite / scientist / twist / white / dentist / list / artist / mist / time / bite / exist / lite / assist / persist / desist / crime

35 用字母 I 串出的 自然發音單字（6）

3. 21322
4. English / selfish / childish / dish / establish / polish / fish / rubbish / publish / cherish / wish / foolish / punish / flourish / accomplish

36 用字母 I 串出的 自然發音單字 (7)

3. 21133
4. organize / spirit / strike / size / emphasize / limit / bike / prize / apologize / unit / mike / recognize / hike / quit

37 用字母 I 串出的 自然發音單字 (8)

3. 21323
4. ride / inside / milk / outside / pride / side / slide / silk / bride / provide / thirty / dirty / suicide / shirty / beside / guide / divide / wide

38 用字母 K 串出的 自然發音單字

3. 32231
4. king / market / baker / worker / shaker / blanket / joker / cooker / maker / basket / backup / walker / kingdom / coworker / broker / checkup / breakup / pickup / kindle / lockup

39 用字母 L 串出的 自然發音單字 (1)

3. 21312
4. low / slow / like / blue / timeline / blow / clue / line / glue / dislike / online / flow / lash / eyelash / alike / glow / unlike / outline

40 用字母 L 串出的 自然發音單字 (2)

3. 22313
4. land / close / clock / lass / late / island / unless / class / lock / glass / inclose / block / bland / plate / less / disclose / bless / collate

41 用字母 L 串出的 自然發音單字 (3)

3. 23212
4. quality / ruler / ability / lack / belong / traveler / miller / hollow / follow / along / fellow / long / yellow / controller / reality / killer / cobbler / slack / swallow

42 用字母 M串出的 自然發音單字（1）

3. 11233
4. example / simple / dismiss / money / mark / monster / timer / miss / month / primer / farmer / remark / monkey / sample / remiss / landmark

43 用字母 M串出的 自然發音單字（2）

3. 31213
4. muse / summary / must / meal / Mary / meat / meaning / mud / primary / muscle / meantime / amuse / bemuse / mean / mead

44 用字母 N串出的 自然發音單字

3. 33211
4. manner / branch / natural / dictionary / shiny / French / dinner / owner / rainy / partner / lunch / punch / nation / runner / ordinary / bench / native / corner / tiny / inch

45 用字母 O串出的 自然發音單字（1）

3. 31122
4. boat / wrong / book / crown / hook / wood / indoor / goat / food / down / cook / town / outdoor / coat / look / strong / door / good

46 用字母 O串出的 自然發音單字（2）

3. 12321
4. Morse / boast / loose / hold / roast / boot / old / coast / foot / horse / choose / goose / sold / cold / remorse / root / toast / told

47 用字母 O串出的 自然發音單字（3）

3. 22113
4. phone / stone / rose / ground / found / sound / bound / pose / tone / impose / surround / bone / pound / expose / alone / those / hone / around / zone / nose / round / dispose

48 用字母 O串出的 自然發音單字 (4)

3. 31123
4. lord / voice / power / vouch / mouse / cock / stock / invoice / flower / ouch / house / rock / choice / shock / couch / cower / tower / Oxford / blouse / afford / touch

49 用字母 P串出的 自然發音單字 (1)

3. 13322
4. plant / peach / apple / plane / temple / picnic / peanut / purple / planner / pick / player / couple / plan / picture / play / peace / people

50 用字母 P串出的 自然發音單字 (2)

3. 33211
4. happen / permit / penguin / purpose / temper / open / performance / purview / perhaps / pencil / penny / perfect / sharpen / perform / paper / pepper / pen / purport / person / deepen

51 用字母 R 串出的 自然發音單字 (1)

3. 12132
4. drown / harrow / overthrow / sorrow / grow / arrow / tomorrow / row / borrow / crow / brown / throw / sparrow / narrow / brow

52 用字母 R 串出的 自然發音單字 (2)

3. 32112
4. realize / rank / three / reader / rear / prank / reach / agree / really / frank / free / read / degree / real

53 用字母 S 串出的 自然發音單字（1）

3. 12233
4. sunrise / Sunday / seaman / seabird / seafood / sunny / skin / seabed / ski / sun / seashell / sunset / seaport / sunshine / seal / skill / sea / seacoast

54 用字母 S 串出的 自然發音單字（2）

3. 21313
4. support / supper / start / shelter / storm / story / soften / stop / star / super / suppose / shelf / supermarket / supply / stark / superman / soft / store / sofa / shell

55 用字母 S 串出的 自然發音單字（3）

3. 13121
4. season / shine / shoot / prison / show / seem / shop / shirt / short / shower / poison / shoe / seesaw / reason / ship / see / shout

56 用字母 S 串出的 自然發音單字（4）

3. 12323
4. summit / stamp / sheep / status / staff / sheet / statement / stage / summon / station / sheer / stay / stake / summer

57 用字母 S 串出的 自然發音單字（5）

3. 13212
4. study / swing / street / crisis / student / string / switch / stump / analysis / strength / basis / straw / stupid / swim / stream / stuff / stretch / oasis / studio

58 用字母 S 串出的 自然發音單字（6）

3. 32112
4. sin / censor / stance / sore / single / standard / singer / spell / sponsor / stand / sorry / special / since / spend / sort / sing / sincere / professor

59 用字母 T 串出的 自然發音單字（1）

3. 31233
4. party / thing / tea / hotel / thirteen / beauty / team / thin / empty / teach / thirst / motel / thick / tear / thief / third / duty / teacher

60 用字母 T 串出的 自然發音單字（2）

3. 23231
4. better / letter / little / butter / television / telephone / pitch / title / settle / bottle / beetle / telescope / catch / mantle / telegram / match / battle / bitter / watch / matter

61 用字母 T 串出的 自然發音單字（3）

3. 22313
4. gather / brother / theater / justice / father / whether / oyster / other / further / turbo / practice / together / after / another / turkey / notice / mother / either / water / turtle

62 用字母 T 串出的 自然發音單字（4）

3. 31213
4. travel / trace / tension / contain / mental / total / hospital / traffic / capital / ten / mountain / metal / vital / crystal / curtain / tennis / trash

63 用字母 T 串出的 自然發音單字（5）

3. 13112
4. culture / feature / military / venture / trend / structure / furniture / future / elementary / tree / nature / tread / adventure / capture / secretary / literature

64 用字母 U 串出的
自然發音單字（1）

3. 31123
4. bump / dump / jump / purse / pump / refund / fund / much / curse / nurse / such

65 用字母 U 串出的
自然發音單字（2）

3. 12133
4. issue / excuse / virtue / luck / abuse / confuse / duck / pursue / truck / value / obtuse / cue / use / suck / reuse

66 用字母 V 串出的
自然發音單字

3. 22113
4. fever / view / river / visitor / oven / driver / vine / visit / lever / virus / vivid / silver / over / cover / even / visible / seven / deliver

67 用字母 W 串出的
自然發音單字（1）

3. 31123
4. when / window / reward / what / win / winner / winter / where / forward / wing / who / wind / why / award / windy / which

68 用字母 W 串出的
自然發音單字（2）

3. 13322
4. railway / world / worth / gateway / halfway / worry / work / highway / word / away / worst / subway / worse / way / worm / sideway / underway

69 用字母 Y / Z 串出的
自然發音單字

3. 33211
4. yourself / zoom / youth / zebra / amazing / you / your / zest / blazing / youthful / zoomer / yes / yesterday / zoo / yours / yet / freezing / zero

台灣廣廈 國際出版集團
Taiwan Mansion International Group

國家圖書館出版品預行編目（CIP）資料

用自然發音串記單字不用背／邱律蒼、劉容菁 著；-- 初版 -- 新北市：
國際學村, 2022.09
　面；　公分
978-986-454-231-4（平裝）
1.英語 . 2. 字彙
805.12　　　　　　　　　　　　　　　111010636

 國際學村

用自然發音串記單字不用背

超強心智圖＋發音串聯單字，打造大腦最喜歡的記憶系統，從此單字不用背，一記就是一整串

作　　者／邱律蒼、劉容菁　　編輯中心編輯長／伍峻宏・編輯／許加慶
　　　　　　　　　　　　　　　封面設計／張家綺・內頁排版／菩薩蠻數位文化有限公司
　　　　　　　　　　　　　　　製版・印刷・裝訂／皇甫・秉成

行企研發中心總監／陳冠蒨　　線上學習中心總監／陳冠蒨
媒體公關組／陳柔彣　　　　　產品企製組／黃雅鈴
綜合業務組／何欣穎

發　行　人／江媛珍
法　律　顧　問／第一國際法律事務所 余淑杏律師・北辰著作權事務所 蕭雄淋律師
出　　　版／國際學村
發　　　行／台灣廣廈有聲圖書有限公司
　　　　　　地址：新北市235中和區中山路二段359巷7號2樓
　　　　　　電話：（886）2-2225-5777・傳真：（886）2-2225-8052

代理印務・全球總經銷／知遠文化事業有限公司
　　　　　　地址：新北市222深坑區北深路三段155巷25號5樓
　　　　　　電話：（886）2-2664-8800・傳真：（886）2-2664-8801
郵 政 劃 撥／劃撥帳號：18836722
　　　　　　劃撥戶名：知遠文化事業有限公司（※單次購書金額未達1000元，請另付70元郵資。）

■出版日期：2022年9月　　　ISBN：978-986-454-231-4
　　　　　　2024年5月5刷　　版權所有，未經同意不得重製、轉載、翻印。